우리는 영국에서 일 년 동안 살기로 했다

좌충우돌 네 가족의 영국 체류기

우리는 영국에서 일 년 동안 살기로 했다

석경아 지음

프롬북스
frombooks

Prologue

우리의 리즈 시절을 돌아보며

"우리도 외국에 나가 살아볼까?"

별 뜻 없이 남편에게 툭 던진 말 한마디.

이 작은 돌멩이 하나가 우리 부부의 마음에 떨어져 큰 파장을 만들어냈다.

그렇게 '영국에서 일 년 살기' 프로젝트가 시작되었다.

나도 모르게 내 안에서 만들어진 기준이겠지만 외국에서 1년을 살려면 선행되어야 할 것이 몇 가지 있었다.

그리고 냉철하게 따져보니 우리는 그 몇 가지 기준 중에 충족된 것이

하나도 없었다.

완벽하게 자격미달이다.

'영국에서 일 년 살기' 프로젝트가 시작되기 전에 나 스스로 이 기준들을 넘어서는 과정이 필요했다.

사고의 전환!

상황보다 중요한 건 생각이었다.

사고의 전환으로 내 안에 단단하게 자리 잡혀 있던 기준들을 비교적 쉽게 넘어설 수 있었다.

말하자면, 다른 사람들과 똑같은 출발선에서 시작할 필요는 없다는 것이다.

내가 서 있는 곳에서 나만의 속도로 달려가면 된다.

누군가를 앞서갈 필요도 없고 같은 길로 가야 하는 것도 아니다.

그렇게 프로젝트가 시작되었고 우리는 성공적으로 이 프로젝트를 마칠 수 있었다.

성공이라고 해서 모든 일이 순조롭게 진행되었던 것은 아니다.

무엇보다 한국으로 돌아온 지 수개월이 지났지만 우리 가족은 여전히 지난 1년의 후폭풍을 감당하고 있다.

그럼에도 나는 영국에서의 1년을 성공적이라고 말하고 싶다.

우리 가족은 영국의 리즈라는 도시에서 1년을 보내면서 온갖 희로애락의 감정을 느꼈고 그만큼 부쩍 성장했다.

모든 것이 마냥 좋았다고 말할 수는 없지만 도전에는 실패와 성공이 없지 않는가.

아무것도 하지 않는 것이 실패다.

우리는 도전했고, 그렇기에 성공적이라 말하고 싶다.

이 책은 전 재산을 가지고 한 살, 네 살 어린 두 아이와 함께 영국으로 훌쩍 떠나 1년을 살다 온 우리 가족의 이야기다.

녹록지 않았던 준비 과정과 그곳에서의 사계절을 보내면서 겪었던 경험담을 고스란히 담았다.

이 책을 펼친 당신에게 용기와 따뜻함, 도전의 메시지를 전하고 싶다.

마지막 페이지를 넘기고 나면 당신의 삶에도 작은 변화가 일어나기를 응원한다.

마음속에 품고 있던 꿈이 꿈틀대며 나올 수 있도록 작은 불씨가 되기를 바란다.

당신은 당신이 상상하는 것보다 훨씬 더 위대하다.

2020년 비 내리는 어느 여름날, 석경아.

Contents

봄
Spring

여름
Summer

기적

Miracle

LHL
SUBWAY
SUBWAY
SUBWAY
VICTORIA
patagonia
SALE

1.
어쩌다 영국에서 일 년 살이

2014년 어느 여름날 나는 남편과 1년간의 연애 끝에 결혼을 했다. 남편이나 나나 대학원 졸업 직후라 모아놓은 돈이라고는 둘이 합쳐 고작 2,000만 원. 다행히 친정엄마가 보태주신 1,000만 원을 더하여 결혼을 준비했다. 그리고 결혼 준비 비용을 제외하고 남은 2,000만 원으로 서울에서 신혼살림을 시작했다.

"괜찮아. 우리 둘 다 경제활동을 할 수 있으니까."

젊고 능력 있으니 괜찮아. 이 많고 많은 집 가운데 우리가 살 집 하나 없을까. 그렇게 서로에게 "괜찮아"를 외치며 용감하게 결혼을 하고 알콩달콩 신혼생활을 보냈다.

그러다가 2015년 1월의 어느 날 캐나다로 이민 간 대학선배 부부와 만나게 되었다. 한마디로 이 부부는 캐나다 이민의 완벽한 성공 케이스라 할 수 있다. 캐나다 땅을 한 번 밟아보지 않고도 기술이민으로 한국에서 캐나다 영주권을 받았다. 그뿐만이 아니다. 캐나다에 가자마자 단 한 번에 물리치료사 라이선스를 따고 병원에 취업 성공, 2년 후에는 개인 클리닉까지 열었다. 이민을 꿈꾸는 사람들에게는 완벽한 시나리오가 아닐 수 없다.

"경아야, 너도 캐나다에 와! 일하기 얼마나 좋은데!"

내 가슴은 쿵쾅쿵쾅 뛰기 시작했다. 집으로 돌아와 잠들기 전 남편에게 넌지시 물었다.

"우리도 외국에 나가서 살아볼까?"

대학생 때 막연하지만 영국 유학을 꿈꾸기도 했다. 하지만 유학은 아무나 가나. 경제적으로도 그렇거니와 딸 없이 못 산다는 부모님이 계셔 시도조차 하지 못한 채 내 꿈은 훨훨 날아가버렸다. 남편 사정도 별반 다르지 않다. 어려서부터 성실하고 공부를 좋아한 남편이다. 그러면 뭐하나. 1남 1녀 중 둘째로 태어난 남편도 나도 알게 모르게 늘 첫째에게 밀렸다. 우리 부부는 그렇게 그 흔하디흔한 어학연수, 워킹홀리데이 한 번 못 가본 토종 한국인이었다.

그날 이후로 마음속 깊숙이 자리 잡고 있던 유학의 꿈이 다시 꿈틀대기 시작했다. 우리 부부에게 새로운 목표가 생겼다. 한국에서 영어권 나라 영주권 획득하기! 영주권이 있으면 학비가 아주 저렴하거나 무료라는 사실을 알았기 때문이다. 주말이면 강남에 있는 유학원이나 이민법인을 돌아다니며 열 군데가 넘는 곳에서 상담을 받았다.

과연 우리가 영주권을 획득할 수 있는 방법이 있을까? 캐나다 이민에 성공한 대학선배가 받았던 기술이민이 가장 유리한 방법이었으나 2015년 1월 제도 자체가 폐지되고 말았다. 수십 군데 이민업체와 전화로 상담하고 오프라인 상담도 찾아다녔으나 현실적으로 그 나라 학력과 경력이 없는 상태로 영주권을 받기란 하늘의 별따기라는 사실을 확인할 수 있었다.

이즈음부터 남편은 직장에 다니면서 아이엘츠IELTS 시험공부를 시작했다. 미국을 제외한 영어권 나라 캐나다, 호주, 영국으로 이민이나 유학을 가기 위해서는 영어시험인 아이엘츠 성적을 반드시 제출해야 한다. 유학원에 상담을 가면 기승전 아이엘츠 이야기로 마무리되었다. “아이엘츠 성적 나오면 다시 오세요.”

그렇기 때문에 우리에게는 아이엘츠 성적이 꼭 필요했다. 그러나 함께 힘을 내 공부해보자 할 때 임신 소식을 알게 되었고 자연스럽게 영어 공부는 남편 몫으로 정해졌다. 남편은 매일 짧은 시간이지만 꾸준히 영어 공부를 이어갔다.

그렇게 3년이라는 시간이 흘렀다. 여전히 남편은 새벽에 일어나 아이엘츠 공부를 했지만 우리는 영주권을 받을 수 있는 방법을 찾지 못했다. 그리고 그사이 우리는 두 아이의 부모가 되었다. 실질적으로 오랜 기간 영어 공부를 해온 남편은 뾰족한 방법이 없다는 사실에 나보다 더 좌절했다. 노력은 했는데 결과물이 없으니 허탈감과 상실감만 느낄 뿐이었다.

우리는 찬찬히 근본부터 다시 살펴보며 우리가 진정으로 원하는 것이 무엇인지에 집중했다. 영주권이 경제적 여유는 없지만 공부를 하고 싶은 우리에게 유학을 위한 좋은 수단임에는 분명했다. 그러나 '우리가 진정으로 원하는 것은 외국에서 공부하는 것'이었다. 우리는 과감하게 도전하기로 했다. 신혼 때부터 알뜰살뜰 모아온 전 재산을 투자해 우리 부부의 꿈에 도전해보기로 했다.

이렇게 둘째 하진이를 임신하고부터는 영주권 취득만을 고집하지 않고 다른 방향으로 생각하기 시작했다.

우선 캐나다, 호주, 영국 세 나라 중에서 우리 상황에 가장 적합한 나라를 찾기로 했다.

1. 석사과정이 1년이라는 단기간에 끝난다.
2. 석사과정 중 논문을 쓴다.
3. GRE, GMAT 성적이 필요 없다.

세 개의 조건에 모두 부합한 나라 '영국'이 우리에게 딱 맞는 나라였다. 그렇게 우리는 돌고 돌아 영국 유학을 본격적으로 준비하기 시작했다.

영국의 석사과정에 지원하려면

영국의 석사학위 과정 지원은 보통 9월에 시작되어 다음해 3월에 마감된다. 우리나라는 지원 기간이 정해져 있고, 마감하면 접수한 지원자들 중에서 우수한 학생을 선발하지만 영국은 그렇지 않다. 정확하게 정해진 시기가 없기 때문에 정해진 인원수가 채워지면 일찍 마감할 수도 있다. 먼저 지원한 사람에게 우선권이 있다. 그렇기 때문에 되도록 빨리 지원하기를 추천한다. 석사과정에 지원할 때 아이엘츠 성적을 함께 제출하지 않아도 가능하다. 조건부 입학이 결정된 후 마감일에 맞춰 성적을 제출하면 된다.

* 석사학위 과정에 지원 가능한 학교와 전공을 검색할 수 있는 사이트는 www.ucas.com

석사과정 지원 시 공통으로 필요한 서류

· SOPStatement Of Purpose: 자기소개서 및 학업계획서
· CVCurriculum Vitae: 이력서
· Reference: 추천서 2부
· Transcript: 영문 졸업증명서, 영문 성적증명서
· 공인 영어성적표: IELTS

* 학교에 따라 조건이 다를 수 있다.

2.
기적이라는 이름으로

남편은 영어 공부를 하면서 유학을 차근차근 준비해나갔다. 매일 같이 새벽 다섯 시에 일어나 두 시간 정도 영어를 공부한 뒤에 출근했다. 퇴근하고 집에 돌아와서는 아이들과 함께 시간을 보내야 했기 때문에 조용히 집중해서 공부하려면 가족이 잠든 이른 새벽시간을 이용할 수밖에 없었다. 저녁형 인간인 남편은 그렇게 새벽형 인간이 되어갔다.

새벽에는 영어 공부, 낮에는 직장 업무, 저녁에는 육아. 두 아이의 아빠가 일을 하면서 유학을 준비하기란 결코 쉬운 일이 아니었다. 비상한 두뇌에 탁월한 언어 습득 능력을 가지고 태어났으면 좋았으련만 우리 부부는 한국에서만 살아온, 지극히 평범한 사람들일 뿐이었다. 재능이 없다면 그만큼 더 노력하는 방법밖에 없다. 다행히도 자기관리에 철저하고 성실한 남편은 지치지 않고 꾸준히 영어 공부를 해나갔다.

영국 유학을 진행하기 위해서 가장 먼저 해야 할 것은 가서 공부하고자 하는 학교와 학과를 선택하는 일이다. 학교를 선택한다는 것은 곧 우리가 1년 동안 살 지역을 정하는 것이기 때문에 위치와 물가, 치안 등을 함께 고려했다. 한 번도 가본 적 없는 영국 지도를 펼쳐놓고 위치와 물가를 파악하고 학교 커리큘럼을 찬찬히 살펴보았다. 물가 비싼 런던과 날씨가 궂기로 유명한 스코틀랜드를 제외하고 잉글랜드 지역에서 가고 싶은 학교와 학과를 선택했다. 그렇게 우리는 총 일곱 개 학교에 원서를 넣었다. 보통은 세 개에서 네 개 정도 원서를 쓰지만 남편은 나중에서야 자신이 가고 싶은 학과를 발견하여 본의 아니게 지원을 많이 하게 되었다.

두근두근. 지원하고 2주가 지나면서 하나둘 발표가 나기 시작했다.

합격.

합격.

합격.

연달아 합격 소식이 메일로 전해졌다. 뿐만 아니라 몇몇 학교는 입학 장학금도 주겠단다. 혹시나 모두 떨어지면 어쩌나 했는데 조금씩 길이 열리는 것 같다. 하지만 지원한 일곱 개 학교 중에서 남편이 가장 가고 싶은 학교가 공교롭게도 제일 마지막으로 발표가 났다.

두둥. 드디어 마지막 학교에서 메일이 도착했다. 이게 웬일이람. 합격과 동시에 등록금의 30퍼센트를 장학금으로 지원해준다는 통지를 받았다. 이렇게 기적적으로 우리가 지원한 일곱 개 모든 학교에서 합격했다.

야호! 고민의 여지가 없다. 가장 가고 싶은 학교이자 장학금을 제일 많이 주는 학교로 가면 된다.

리즈대학교Leeds University 경영심리학과Business Psychology

가야 할 곳과 다닐 학교는 정해졌지만 우리에게는 아직 넘어야 할 큰 산이 남아 있다. 바로 아이엘츠. 학교에 합격은 했으나 사실상 조건부 합격이다. 기간 안에 학교가 요구하는 영어성적을 제출하지 못하면 의미 없는 일이다.

일단 합격했으니 이제 온전히 공부에만 집중하면 된다. 남편은 영어 공부에 더욱 매진했고, 그사이 나는 둘째 하진이를 출산했다.

합격은 했으나 여전히 미지수라 누구에게도 영국에 간다고 말할 수 없는 상황이었다. 부모님께 괜히 말씀드렸다가 반대하실 수도 있고, 지인들에게 말하고 못 가게 되면 실없는 사람이 되는 것 같아 싫었다. 우리 부부는 아무에게도 말하지 못하고 조용히 준비해나갔다.

무슨 공부를 하든 정석대로 공부하고 싶어 하는 남편이다. 요리조리 잔머리 굴리면서 공부하는 스타일이 아니기 때문에 일단 치고 올라가려면 시간이 오래 걸린다. 그 대신 기본기는 탄탄하다. 남편은

그동안 남편이 공부한 아이엘츠의 흔적들.

아이엘츠도 기본부터 천천히 공부해나갔다. 하루 종일 공부하는 학생들에 비해 절대적으로 시간이 부족한 상황임에도 단계별로 밟아가느라 꽤 오랜 시간이 걸렸다. 데드라인이 얼마 남지 않아 봄부터는 한 달에 한 번 이상 시험을 보았다. 20만 원이 훌쩍 넘는 시험 응시료가 부담되어 더이상 자주 볼 수도 없다. 성적이 나올 듯하면서도 이상하리만큼 한 과목씩 과락이 되었다.

그렇게 시간이 지나 여름이 되었다. 성적 제출 마감일이 코앞으로 다가왔다. 이대로 영국은 물건너가는 것인가.

마지막으로 시험을 보고 집에 온 남편이 허탈하게 말했다.

"올해는 틀린 것 같아."

이번 시험은 제대로 망쳤단다.

"아……, 이대로 영국은 못 가는 건가……."

자포자기하고 지금껏 사지 않고 미루어왔던 살림살이를 사들이기 시작했다. 마지막 시험을 끝으로 더이상 기대도 하지 않았다. 모든 노력이 물거품으로 돌아갔으니 얼마나 헛헛했는지 모른다.

그렇게 2주가 지나고 완전히 망쳤다는 마지막 시험의 결과가 나왔다. 회사에서 일하다 말고 성적을 확인한 남편에게서 전화가 왔다.

"여보, 드디어 영어점수가 나왔어!"

울먹이는 남편의 목소리가 전화기 너머로 들려온다. 그동안 마음 고생을 얼마나 많이 했는지 알기에 나도 코끝이 찡해왔다. 몇 년 동안 늘어지게 자고 싶은 마음을 꾹꾹 참아가며 주말에도 새벽 다섯 시에 일어나 영어 공부를 해왔던 남편이다. 그 노력을 알기에 유학을 못 가게 됐다고 했을 때 제일 속상했을 사람은 남편이었으리라. 드디어 몇 년간의 고생이 결실을 맺은 것 같아 기뻤다.

"우리 이제 영국에 가는 거야?"

한 과목씩 과락하면서 그렇게도 안 나오던 점수가 기적처럼 영어 점수 제출 마지막날 나왔다. 제대로 망해서 기대도 하지 않았던 시험에서 성적이 나오다니! 이래서 사람 일은 한 치 앞도 알 수 없다 했던가.

믿기지 않는 기적 같은 일이 우리에게 찾아왔다. 돌고 돌아 타국 살이를 할 수 있게 된 것이다. 3년 동안 남편과 매일같이 함께 꿈을 나누고 그려나갔다. 계획만 세우고 실행하지 않았더라면 우리는 이 꿈을 이루지 못했을 것이다. 유학을 준비하는 과정에서 우리 부부는 깨달았다. 작은 실천이 모여 결국에 큰 기적이 찾아온다는 것을.

이제 우리는 영국행 비행기를 탈 수 있다!

영국 유학을 위한 공인 영어시험 아이엘츠(IELTS)

· IELTSInternational English Language Testing System

: 영국문화원, 케임브리지 대학교, 호주 IDP 에듀케이션이 공동 개발

· 유형

: 아카데믹 모듈Academic Module, 제너럴 모듈General Training Module

: 듣기Listening, 읽기Reading, 쓰기Writing, 말하기Speaking 4가지 영역

· 점수

: 각 영역별로 가장 낮은 점수 1점부터 9점까지로 측정되며 0.5점 단위로 채점

· 일반적으로 영국 석사학위 과정 입학에 요구되는 점수

: 아카데믹 모듈Academic Module overall 6.5 또는 7.0

* 학교마다 요구하는 조건이 다르다.

3.
로또라도 된 거야?

영어성적까지 제출했으니 이제 사방팔방 소문내도 될 때가 왔다.

"남편 석사 유학으로 1년 동안 영국에 가요!"

이 얼마나 해보고 싶었던 말이었나. 시댁과 친정, 형제들, 친구들, 가까운 지인들, 하은이 어린이집 선생님 등 꼭 알려야 할 사람들에게 소식을 알리기 시작했다. 영어성적 제출이 8월 10일, 입학일은 9월 21일. 영국 출국일까지 한 달 남짓 남았다.

갑자기 다음달에 영국에 간다니 다들 놀란 토끼눈이다. 양가 부모님은 그야말로 걱정이 태산이다. 잘 다니는 직장을 그만두고 간다고? 올해 갓 태어난 7개월 손자가 그 먼 곳에서 아프기라도 하면 어쩌려고? 아니 돈도 없는 애들이 대체 무슨 돈으로 그 비싼 영국을 간다는 거지? 아이고, 도와줄 형편도 안 되는데 이를 어쩔꼬……. 갑작스런 통보에 부모님 입장에서는 걱정거리가 한두 가지가 아니었다. 생각하면 생각할수록 밀려오는 수많은 물음표들로 몇 날 며칠 잠을 못 이루셨을 터이다. 자식이 공부하러 간다는데 뜯어말릴 부모가 어디 있겠냐마는 직장 잘 다니고 아이 둘 키우면서 이대로만 산다면 평범하게 잘 살 수 있는데 이것을 박차고 미래가 보장되지 않는 곳으로 가는 우리가 실로 철없어 보였을 것이다.

"유학은 형편 되는 부잣집 자식들만 가는 거지."

"배울 만큼 배웠는데 너희들은 힘들게 왜 그러니."

"형편에 맞게 사는 게 좋은 거야."

"어린아이들 데리고 왜 그런 모험을 하는 거니."

아무리 생각해봐도 말도 안 되는 이 현실을 우리가 직시할 수 있도록 부모님은 쓴 조언들을 해주셨다. 그럼에도 조금도 흔들리지 않는 우리를 바라보며 자식 이기는 부모 없다는 마음으로 어쩔 수 없이 보내주셨다.

주변 지인들의 반응은 각양각색이다. 로또라도 된 거야? 시댁이 부자구나. 생각보다 무모한데? 나름 긍정적인 반응도 있다. 큰 결심했네. 부럽다, 나도 가고 싶다. 대단하다…….

사실 우리 부부는 오랜 기간 생각하고 길을 찾으려 노력해왔기 때문에 이 결심이 이렇게까지 큰일이라 생각하지 못했다. 그저 우리에게는 몇 년간의 노력에 대한 결실이었다. 그렇게 고대하고 꿈꿔왔던 일을 이룰 수 있다는 것이 그저 기뻤다. 가야 하나 말아야 하나 하는 고민은 이미 지난 3년간 수없이 했다. 그 정도 각오도 없었다면 두 아이를 출산하고 키우면서 그렇게까지 꾸준히 노력하지 못했을 것이다.

우리는 오랫동안 가슴에 품고 있던 꿈을 이루고 싶었다. 준비하는 과정에서 지치고 힘들 때면 남편과 함께 먼 훗날을 그려보았다. 지금 도전하지 않으면 머리 희끗한 나이가 되어 지난날을 되돌아볼 때 평생 후회로 남을 것이 분명했다. 돈이 없다거나 나이가 많다거나 아이가 어리다거나 그 어떠한 핑계도 대고 싶지 않았다.

사실 우리는 가진 것이 없었기 때문에 더 단단하게 각오를 할 수 있었다. 없다는 것이 오히려 꿈을 향해 달려가는 데 원동력이 된 셈이다. 우리에게 안락하고 편안한 보금자리가 있었다면 이렇게까지 치열하게 노력하지는 못했을 것이다. 꼭 쥐고 있어야 할 것이 없었기에 가볍게 훌훌 털어버리고 떠날 수 있었다. 또한 1년 뒤 한국으로 돌아와 원점에서 다시 시작해야 하는 상황이 크게 두렵게 다가오지 않았다. 이미 한 번 해봤으니 두 번째는 더 잘할 자신이 있었다. 막연하게 가진 것이 많은 사람이 유학을 간다고 생각했는데 아이러니하게 가진 것이 별로 없었기에 우리는 영국으로 떠날 수 있었다. 생각의 한 끗 차이로 이렇게 내가 가진 단점이 장점이 될 수도 있다는 것을 배웠다. 암, 뭐든 생각하기 나름이다.

몇몇 분들은 아이가 너무 어려서 아쉽다는 말씀을 해주셨다. 나 역시 영국에 가서 보니 아이가 어느 정도 커서 왔으면 좋았을 것 같다는 생각도 들었다. 하지만 우리는 아이들보다 우리 부부에게 초점을 맞췄다.

"우리가 전력질주할 수 있는 인생에서 가장 젊은 순간은 바로 지금!"

지금 이 순간이 최고의 적기였다. 이것저것 생각하며 미루고 싶지 않았다. 시간이 지나고 다시 지금이 되면 또 다른 핑곗거리가 늘 있기 마련이니까. 그렇게 우리는 많은 사람들의 걱정과 염려를 뒤로하고 용기 있게 전진했다.

4.
10년 계획의 힘!

나와 남편이 함께 하나의 목표를 가지고 흔들림 없이 전진할 수 있었던 이유 중 하나가 있다. 그것은 바로 '10년 계획!' 신혼 때부터 우리는 큰 도화지 한 장을 테이블 위에 펼쳐놓고 함께 10년을 그려 나갔다. 우리가 바라는 미래의 모습을 조금은 과장되고 비현실적이지만 구체적으로 설계했다. 그렇게 10년 계획을 세우는 날이면 날개 달고 하늘을 나는 것처럼 기분이 좋았다.

2015년 34살, 32살, 1살

2016년 35살, 33살, 2살

2017년 36살, 34살, 3살

2018년 37살, 35살, 4살, 1살

.

.

2025년 44살, 42살, 11살, 8살

이렇게 연도와, 남편과 나 그리고 아직 태어나지도 않은 딸과 아들 나이를 적은 뒤 10년 계획을 세웠다. 이즈음 아이가 생겼으면 좋겠다고 소망하면서 말이다. 정말 신기하게도 계획한 순서대로 딸, 아들이 태어날 줄이야!

처음으로 10년 계획을 세울 때 내 나이는 스물여섯이었다. 당시 나는 신촌세브란스병원에서 작업치료사 인턴으로 일하고 있었다. 세브란스는 이쪽 분야에서는 나름 힘들기로 손꼽히는 곳으로 나에게는 첫 직장이었다. 나는 신촌 어느 작은 원룸방에서 대학동기와 함께 살았다. 아침 일곱 시쯤 일어나 졸린 눈을 비비며 도시락을 싼 뒤 대충 옷을 입고 나와 편의점에 들러 삼각김밥 하나 사먹으면서 출근을 했다. 근무시간에는 바쁘게 일하고, 퇴근시간이 훌쩍 지나서도 다른 업무나 스터디를 하는 날이 허다했다. 우리는 밤 열두 시 혹은 새벽 두 시에 퇴근할 때도 있었고, 어쩌다 열 시쯤 퇴근하는 날이면 동기들과 함께 연대 정문을 나오면서 "우리 오늘 진짜 일찍 끝났다" 하면서 럭키를 외쳤다. 일찍 끝나는 날이면 동기들과 함께 학교 앞 치킨집에서 치킨 한 마리를 행복하게 뜯어먹곤 했다. 활기찬 신촌 거리를 매일같이 교복 같은 사복을 입고 도시락 가방을 들고 항상 피곤한 모습으로 다녔던 시절이다.

토요 근무가 없는 어느 금요일이었다. 나와 대학동기 '변', 같이 사는 '센' 이렇게 셋이 신촌에서 저녁을 먹고 커피숍으로 가기 전 내가 문득 제안을 했다.

"우리 10년 계획 세워볼래? 나 한 번 해보고 싶었는데……."

문구점에 가서 커다란 노란종이와 펜을 사서 커피숍으로 향했다. 그곳에서 우리는 커피를 시켜놓고 사뭇 진지하게 긴 시간 동안 각자 10년 계획을 적었다.

2009년 26살

2010년 27살

2011년 28살

.

.

.

2019년 36살

연도를 쓰고 그 옆에 나이를 적었다. 그러고는 내가 하고 싶은 일들을 생각나는 대로 적어 내려갔다. 그런데 신기하게도 이 10년 계획을 세우면서 점점 가슴이 벅차오르고 행복해지는 것이 아닌가. 함께한 우리 셋 모두 그 시간이 참 좋았던 것 같다. 각자 계획을 다 세우고 이번에는 돌아가면서 자신의 10년 계획에 대해서 친구들에게 말해주었다. 어쩜 그렇게 다 다른지……, 너무나도 신기했다. 성향, 꿈, 관심사에 따라서 10년 계획의 방향이 완전히 달랐다.

나의 10년 계획에서 중요한 두 가지는 공부와 여행이었다. 대학원 입학, 졸업, 논문, 강의, 출판, 유럽을 비롯한 여러 나라 여행하기, 그리고 결혼과 딸, 아들 낳기도. 마지막엔 "우리 셋이 센터 오픈하자. 센터는 5층 건물에 너는 뭐를 담당하고 나는 뭐를 담당할게. 하하하." 이렇게 웃으면서 마무리했다. 집으로 돌아와 우리는 10년 계획을 방에 붙여놓았다.

그 시절로부터 10년이 지났음을 이 글을 쓰면서 깨닫는다. 스물여섯 살 꽃다운 청춘의 어느 가을날 우리는 10년 계획을 세우면서 참 행복했다. 얼토당토않은 것 같지만 내가 원하는 꿈을 한 번 적어보는 것만으로도 가슴이 두근두근 설렜다. 정말 꼭 그렇게 될 것만 같았다.

이후 친구들과 가끔 만나거나 통화를 할 때면 이렇게 얘기했다. "나 그때 10년 계획 쓴 대로 지금 되고 있다. 정말 신기하게." 완벽하게 그대로 되지는 않았지만 조금 느리긴 해도 그 방향대로 흘러가고 있다는 사실을 발견했다.

몇 년이 지나 그때 세웠던 계획표를 보니 이루어진 것들이 꽤나

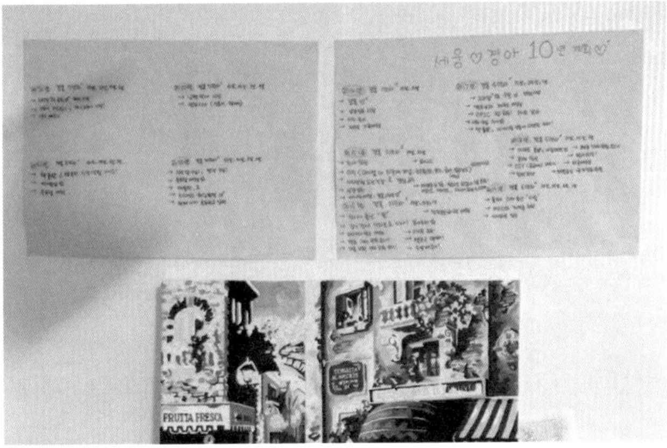

남편과 함께 세워 신혼집에 붙여놓은 10년 계획.

많았다. 대학원 입학과 졸업, 논문, 강의, 그리고 여행 좋다 하더니 1년 동안 영국에서 살면서 여기저기 여행을 참 많이도 다녔다. 10년 전 친구들은 내 계획을 보고 웃으며 말했다. "이렇게 여행 다니려면 결혼 못 해. 애도 못 낳고. 돈은 어디 있나? 하하하." 참 다행히도 10년이 지난 나는 결혼도 하고, 아이도 둘이나 낳고, 여행을 참 많이도 다녔다.

나는 10년 계획의 힘을 믿는다. 일단 백지 안에 나의 꿈을 하나씩 적기 시작하는 순간부터 행복해진다. 그리고 나도 모르게 내 삶은 그 꿈을 향해 달려간다. 나는 꿈을 한 번 그렸을 뿐인데 그리지 않은 것과는 비교할 수 없다.

결혼한 후 신혼 초에 우리는 앞으로 함께할 10년을 그려보았다. 그리고 신혼집 잘 보이는 곳에 붙여놓았다. 남편은 우울하거나 힘들 때면 나에게 말한다. "우리 10년 계획 세울까?" 10년 계획의 힘을 알기 때문이다. 함께 꿈을 그리는 이 시간은 행복과 동시에 꿈을 향해 나아갈 힘을 준다.

우리 부부는 1년에 한 번씩 정기적으로 10년 계획을 리뷰하면서 수정한다. 큰 틀은 바꾸지 않지만 그동안 이뤄진 것들을 확인하고 수정해야 할 것이 있다면 수정한다. '영어권 나라에서 살아보기'도 10년 계획 중 하나였다. 우리는 천천히 이 방향으로 나아갔고 결국 꿈을 이뤄냈다. 힘든 순간에도 포기하지 않고 끝끝내 이뤄낼 수 있었던 이유 중 하나가 바로 이 '10년 계획'이었다.

나중에 우리 아이들이 자라서 글씨를 잘 쓸 줄 아는 나이가 되면 꼭 함께 10년 계획을 세울 생각이다. 스스로 꿈을 그리고 키워나가는 아이들이 될 수 있기를 바라면서 말이다. 또한 우리 부부가 70대가 되어서도 여전히 함께 꿈을 그려나가는 모습을 상상해본다.

5.
기적 같은 일들의 연속

유학이 확정되자 이제는 해야 할 일들로 복잡해진 머릿속이 지끈지끈 아파오기 시작했다. 이 많은 일들 중에 대체 무엇부터 시작해야 할지 몰라 남편과 테이블에 백지 한 장을 올려놓고 잠시 머뭇거렸다. 현재 날짜 8월 10일. 입학 등록 마지막날인 9월 21일까지 이유를 불문하고 영국에 입성하여 등록을 하지 않으면 입학이 취소된다는 메일이 도착했다.

한 달 하고 열흘 남짓한 시간이다. 과연 우리는 이 시간 동안 크고 작은 산들을 무사히 넘을 수 있을까? 최대한 침착하게 백지 위에 우리가 해야 할 일들을 써내려갔다.

· 남편 직장에 사직서 제출

· 살고 있는 전셋집 부동산에 내놓기

· 차 팔기

· 비자 신청

· 가구, 가전 정리

· 처분할 짐 버리기

· 친정에 두고 갈 짐 분류

· 영국으로 가져갈 짐 싸기

· 친정으로 짐 옮기기

· 항공권 예매

· 영국에서 살 집 알아보기

· 온 가족 치과 진료

· 이 모든 일을 처리하고 9월 21일 전에 학교에 도착해서 입학 신청

적고 나니 무엇 하나 사소하고 쉽게 느껴지는 것이 없다. 이 미션들을 모두 완수하면 영국 유학의 출발지에 드디어 서게 된다. 그 과정 중에 우리가 예상치 못하는 수많은 변수들이 도사리고 있을 터이다. 뿐만 아니라 모든 일을 해결하기에 우리에게 주어진 시간은 턱없이 부족하다. 무엇보다 우리를 가장 불안에 빠져들게 하는 것은 우리가 아직 비자 신청조차 하지 않았다는 냉혹한 현실이다. 장기간 해외 체류를 위해 출국을 준비하는 사람이라면 비자 발급이 완료되지 않은 상태에서 항공권을 예약하는 것이 얼마나 어리석은 일인지

잘 알 것이다. 그럼에도 우리가 지금 할 수 있는 최선은 흐린 안개 속을 한 걸음씩 걸어 나아가야 하는 것이리라. 이 모든 것이 물거품 될 수 있는 상황임에도 우리는 차분하게 할 수 있는 것부터 하나씩 준비해나갔다.

남편은 직장에 사직서를 제출하고 부동산에 집을 내놓았다. 하필이면 100년 만의 폭염이라는 2018년 여름의 부동산 시장은 최악의 불경기였다. 한여름 8월 뙤약볕에 집을 보러 다니는 사람을 찾아보기 힘들었다. 추석이 있는 9월에도 여전히 비수기였다. 가는 부동산마다 고개를 절레절레 흔들며 집 못 빼고 갈 생각하라는 쓴 조언만 해줄 뿐이다.

만약 정말 집이 안 나간다면? 눈앞이 캄캄해졌다. 여윳돈이 없는 우리에게 보증금은 없어서는 안 될 가장 중요한 무기다. 손에 쥐어질 현금이라곤 이 집 보증금밖에 없으니 말이다. 우리는 이 보증금으로 학자금을 내야 하고, 당장 영국에서 살 집 렌트비도 내야 하는 상황이었다. 내 속이 검게 타들어가는 것은 아랑곳 하지 않고 야금야금 시간이 흘러 결국 9월이 오고야 말았다. 그럼에도 여전히 임자는 나타나지 않았다.

“어쩌지…… 진짜 집 안 빠지면 누구한테 부탁하고 가야 하나?”

“당장 등록금도 내야 하는데 어떡하지?”

남편에게 말했다.

"이 집이 빨리 나가려면 신혼부부가 와야 할 거 같아."

나는 단순히 신혼부부라면 대개 계약일자가 자유롭기 때문에 촉박한 우리 일정에도 맞춰줄 수 있을 것이라고 생각했다. 우리가 할 수 있는 것이 아무것도 없었다. 그저 초조하고 간절한 마음으로 기다릴 뿐이었다.

9월이 시작되고 닷새가 지난 날 기적 같은 일이 일어났다. 결혼을 앞둔 예비신혼부부가 불쑥 나타나 집을 대강 훑어보고는 곧바로 계약을 하는 것이 아닌가. 그렇게 번갯불에 콩 볶아 먹듯이 이삿날은 9월 19일로 결정되었다. 남편은 이사 전날까지 출근을 했고 이사 다음 날인 20일에 곧바로 영국으로 떠났다. 그리고 다행히 입학 등록 마지막날인 21일 무사히 영국에 도착할 수 있었다. 남편을 먼저 떠나보내고 혹시나 비행기가 연착될까 얼마나 노심초사했는지 모른다. 남편에게 입학 등록 미션을 완수했다는 연락을 받고 나는 안도의 한숨을 길게 내쉬었다.

비자 신청을 늦게 할 수밖에 없었던 결정적인 이유가 있다. 우리가 받아야 하는 영국 비자를 발급받으려면 신체검사 결과지를 첨부해야 한다. 이 신체검사에서 가장 중요하게 보는 것은 '결핵'이다. 이 사람이 결핵 보균자인지 아닌지 말이다. 나는 어렸을 때 결핵을 앓은 적이 있다. 이렇게 결핵을 앓았던 사람은 완치되었음에도 그 사실을 숨길 방도가 없다. 폐에 지울 수 없는 흔적이 남아있기 때문이다. 이 흔적이 발견된 사람이라면 누구라도 객담검사를 피해갈 수 없다.

객담검사를 위해서는 3일 동안 동시간대에 가래를 채취한 뒤 8주 동안 세균 배양을 한다. 그렇기 때문에 객담검사의 결과는 정확하게 8주 후에 나올 수밖에 없는 상황이었다. 나는 7월 중순 객담검사를 해서 결과는 9월 11일에 나올 예정이었다. 이 신체검사 결과지가 정상으로 나와야만 비자 신청을 할 수 있는 것이다. 비자를 급행으로 신청해서 예상에 맞게 딱 일주일 만에 나오면 9월 18일에 내 손에 비자가 쥐어질 터였다. 출국일을 겨우 3일 앞둔 날짜다.

객담검사 정상으로 나오기.

비자 신청하기.

변수 없이 일주일 안에 비자 나오기.

이 모든 무리수를 떠안고 우리는 사직서를 내고, 이사를 확정짓고, 영국행 항공 티켓팅을 했다.

"신체검사 결과가 결핵으로 나오면 어떡하지."

"비자 서류가 누락돼서 늦게 나오면 어떡하지."

수많은 변수들을 생각하며 얼마나 초조해하고 두려워했는지 모른다. 매일 밤 새근새근 자고 있는 두 아이를 바라보고 있노라면 내 마음속에 더욱 큰 근심이 몰려왔다. 혼란스럽고 또 혼란스러웠다. 아무리 우리가 원해서 시작한 일이었을지라도 이 아이들을 생각하면 잠

-
드디어 리즈대학교로 유학을 떠난다!

시 '내가 대체 무슨 일을 하고 있는 거지'라는 생각도 스쳐지나갔다.

9월 11일, 두근두근 떨리는 마음으로 강남세브란스병원에 신체검사 결과지를 받으러 갔다. 결과지에 적힌 '정상'이라는 두 글자가 어찌나 반갑고 고맙던지. 그 길로 바로 꼼꼼하게 준비해두었던 비자서류를 챙겨 비자센터로 달려갔다. 급행으로 신청하면 통상 일주일 정도 소요된다.

"비자를 언제쯤 받아볼 수 있을까요?"

직원에게 몇 번을 물어봐도 정확한 답은 돌아오지 않았다. 영국 출국일 전까지 비자가 나오지 않을 확률도 적지 않았다. 동네방네 영국 간다고 작별인사하러 다니고, 남편은 호기롭게 퇴사를 선언했고, 이제 발 뻗고 잘 집마저도 없다. 비자를 기다리는 며칠 동안 심장이 얼마나 쿵쾅쿵쾅 하던지…….

다행히 예상보다 하루 일찍 비자가 도착했다. 우리의 영역에서 벗어나 있는 일들이 하나씩 완벽하게 이루어질 때마다 보이지 않는 신이 돕고 있다는 확신이 들었다. 이제 정말 영국행 비행기를 탈 수 있는 것이다. 비자까지 나왔으니 이제 무조건 Go!

비자, 집, 차, 직장 다 해결되니 이제야 영국에서 어디서 살아야 할지 고민이 되었다. 일단 4월이면 마감된다는 가족기숙사를 8월에 신청해보았다. 현실적으로 가능성이 전혀 없어 보이지만 밑져야 본전 아닌가. 역시나 우리 앞으로 대기자가 32명이나 줄서 있다. 1년이라는 짧은 기간 머물 우리 가족에게 가장 좋은 조건은 아무리 생각해보아도 가족기숙사였다. 가족기숙사는 생활에 꼭 필요한 가전과 가구가 갖추어 있고 학교에서 가까운 거리에 위치해 있다는 장점이 있다. 그럼에도 우리 앞의 32명이 다 빠지기만을 마냥 기다릴 수가 없으니 남편 혼자 먼저 입국한 뒤 집을 구하기로 계획을 세웠다. 영국에 아는 사람 한 명 없고 주변에 조언 받을 만한 사람도 없어 정말 맨땅에 헤딩하는 심정으로 말이다. 오래된 집들이 많아 영국에서 집을 구하는 것이 보통 까다로운 일이 아니라는데 남편이 과연 2주 만에 집을 구할 수 있을까? 걱정스러웠다.

그렇게 출국 준비로 정신없이 지내고 있는데 정확히 출국하기 5일 전 학교로부터 메일 한 통을 받았다.

"가족기숙사 너희 차례야. 구경하러 와."

정말 기적의 연속이다. 32명의 대기자 중 아무도 이 기숙사에 긍정적인 답변을 보낸 사람이 없었던 모양이다. 계획대로 남편은 영국에 먼저 도착해 가족기숙사를 실제로 보고 계약을 했다. 내가 2주 후 아이들과 함께 영국에 도착했을 때는 이미 영국에서 우리가 살 집 세팅이 완벽하게 끝난 후였다.

집, 차, 직장, 신체검사, 비자, 입학 등록, 가족기숙사 등등 이 모든 일이 한 달 동안에 순조롭게 착착 진행되었다. 영국 유학을 준비하면서 얼마나 많은 기적들이 일어난 것일까. 이 한 달 동안 하늘과

땅이 모두 힘을 합쳐 우리를 돕는 기분이었다. 나의 통제에서 벗어나 있는 일들이 기적처럼 딱딱 맞아떨어지는 것이 참 신기하고 감사했다.

내 인생에 이렇게 드라마 같은 한 달이 또 찾아올 수 있을까?

가족비자(trial 4)를 위한 서류

· 여권 원본, 구 여권 복사본

· Check List 출력본

· Application 출력본

· CAS 서류 출력본, CAS에 필요한 제출 서류들

· 결핵검사 결과서(가족 구성원 모두)

· 혼인관계증명서 국문+공증

· 가족관계증명서 국문+공증

· Consent Form(동의서)

· 영문 출생증명서(자녀에 한함)

유의사항

· 비자센터 진행 사항: 서류 접수→사진 촬영→지문 및 홍채 인식

· 예약시간 엄수

· 추가 발생되는 금액은 현금으로만 결제 가능

· 영국비자센터 주소: 서울특별시 중구 소월로 10 단암빌딩 5층

가을

Autumn

1.
챙기길 잘했어

퇴사, 집 빼기, 비자 받기…… 굵직하게 처리해야 할 일들을 모두 해결했다. 이제 본격적으로 영국에 가져가야 할 짐을 꾸려야 할 차례다. 장기간 출국으로 외국에 짐을 보낼 때는 먼저 '대량 이삿짐'이냐 '소량의 짐'이냐를 두고 고민한다. 오래 머무는 사람들은 보통 한국에서 사용하던 가구와 가전까지 가져갈 생각으로 배편을 선택하는 편이다.

우리는 비교적 짧은 기간이고 기본 가구와 가전이 구비되어 있는 가족기숙사에서 머물 예정이기 때문에 꼭 필요한 생활용품만을 가져가기로 했다. 사전에 미리 항공택배나 선박택배를 이용하지 않고 영국으로 들어갈 때 추가 수화물로 몽땅 다 가져가기로 계획했다. 사실 우리는 이사와 출국을 동시에 진행했기 때문에 미리 택배를 붙일 여유조차 없었다. 또한 선박택배는 보통 두 달 이상의 시간이 소요되기 때문에 일찍이 택배를 받을 수 있는 주소를 알고 있거나 아니면 두 달 후에 짐을 받아야 한다.

2주 먼저 입국한 남편은 런던에서 버스를 타고 리즈로 이동해 곧바로 학교로 달려가 입학 등록을 마쳐야 하는 큰 미션이 남았기 때문에 양손에 끌 수 있는 캐리어 두 개만을 끌고 훌쩍 떠났다. 어린아이 둘과 산처럼 쌓여 있는 짐들은 오롯이 내 몫이다.

'34개월과 7개월 아이 둘을 데리고 이 많은 짐을 가지고 나 혼자 갈 수 있을까?'

아무리 생각해보아도 자신이 없다. 언제나 딸 일이라면 발 벗고 나서주는 친정엄마에게 지원을 요청했다. 다행히도 엄마가 동행해주시기로 하여 무거웠던 마음이 한결 가벼워졌다.

남편이 출국하고, 나는 매일같이 아이들을 재워놓고 부지런히 짐을 정리했다.

'대체 어디서부터 어디까지 챙겨야 하지?'

'여기서 꼭 가져가야 할 것들이 뭘까?'

친정집 거실에 이민가방과 캐리어를 잔뜩 늘어놓고 짐을 넣었다 풀었다를 얼마나 많이 반복했는지 모른다. 영국에 지인 한 명 없는 나에게 의지할 곳이라고는 인터넷뿐이다. "여왕님들 in UK"라는 영국 거주 여성들의 커뮤니티 카페에서 알짜배기 정보들을 수집할 수 있었다. 옷과 신발, 코펠, 주방용품, 장난감, 전기장판, 따수미 텐트, 젓가락, 고춧가루, 고추장, 마른 반찬 등 최소한의 짐만 이민가방에 넣었다. 빈 공간 없이 꽉꽉 채운 캐리어 총 일곱 개, 쌍둥이 유모차 한 대, 이렇게 짐이 완성됐다. 캐리어 하나를 혼자 번쩍 들어보려고 하니 꿈쩍도 하지 않는다. 꾸역꾸역 안간힘을 써야 바닥에서 살짝 들었다 놓을 뿐이다.

아빠가 캐리어 하나도 제대로 들지 못하는데 이 무거운 짐들을 어떻게 그 먼 곳까지 가져갈 거냐며 긴 한숨을 내쉬었다.

"헤헤, 다 가져갈 수 있어. 비행기가 날라주는데 뭘."

나는 태연하게 웃으면서 말했다. 왠지 모를 자신감에 대수롭지 않게 여겼다. 사방이 막혀 있는 막다른 길목에 서면 갑자기 초인적인 힘이 발휘되기도 한다고 생각했다. 나한테 이런 능력이 있었나 싶을 정도의 놀라운 힘 말이다. 살아가면서 절대 할 수 없다고 생각했던 일들도 막상 닥치면 곧잘 해내는 경우가 종종 있지 않는가. 몇 번의 경험으로 나는 내 안에 잠재되어 있는 능력이 나의 상상을 초월한다고 믿었다. 이번에도 그런 기적이 일어날 거라 막연히 생각하며 천하태평이었다.

그러나 당장에 이 많은 짐들을 인천공항으로 옮기는 일부터 난관이었다. 자동차 한 대에 다섯 사람과 캐리어 일곱 개가 들어갈 리 없었다.

"캐리어를 인천공항까지 어떻게 옮겨야 할지 걱정이야."

다행히 내 고민을 들은 친한 동생 부부가 선뜻 먼저 인천공항까지 캐리어를 옮겨준다고 한다. 이렇게 고마울 수가! 출국 당일 집에 와서 캐리어 네 개를 픽업해서 시간에 정확하게 맞춰 인천공항까지 옮겨주었다.

인천공항에 도착하여 캐리어 무게를 하나씩 재기 시작했다. 어떤 짐은 30킬로그램를 훌쩍 넘기도 했고 어떤 짐은 20킬로그램을 겨우 넘었다. 캐리어 일곱 개를 모두 열어 짐을 빼고 넣고를 수도 없이 반복하면서 최대 수화물 무게인 32킬로그램이 넘지 않도록 짐을 배분했다. 그리고 무사히 체크인을 마칠 수 있었다. 이제 출국 게이트를 빠져나갈 일만 남았다. 마지막으로 배웅을 나온 아빠와 오빠에게 마치 내일 다시 만날 사람처럼 작별인사를 건넸다.

"1년 후에 만나요! 건강하게 지내다 올게요!"

엄마와 함께 동행을 해서인지 나는 꽤나 큰 목소리로 우렁차게 인사를 건네고 두 아이를 태운 쌍둥이 유모차를 끌고는 씩씩하게 출국 게이트를 빠져나왔다.

이제 정말 영국으로 출발이다.

-
인천공항에서 비행기를 기다리며.

영국에 가져오면 좋은 것

· 가정용 쇠수저 세트, 나무젓가락
· 일회용 비닐장갑
· 고무장갑: 윌코Wilko에서 팔지만 우리나라 고무장갑이 더 좋음
· 젖병 세척솔: 아기가 있다면 하나 챙겨오기를 추천
· 아기 비상약: 맥시부펜 50㎖, 후시딘, 리도맥스 등(비판텐은 영국이 훨씬 저렴함)
· 아기 약통
· 타이레놀
· 고춧가루: 생각보다 훨씬 많은 양을 챙기기를 추천
· 참기름, 들기름: 방앗간에서 직접 짠 기름으로 한 병씩 챙겨오기를 추천
· 아기 멸치: 잔멸치는 구하기 어려움
· 마른 반찬: 황태채, 국물용 멸치, 다시마, 쥐포, 진미채 등
· 짜장 가루: 중국 마트에는 춘장만 판매하는 경우가 많음
· 보리: 보리차용
· 전기밥솥
· 따수미 텐트
· 온수장판 또는 전기장판
· 아기 내복: 세 벌 정도 추천
· 한글책 몇 권: 아동용, 성인용
· 캠핑용 코펠: 도착하자마자 사용하기에 유용
· 문구류: 돌돌이 색연필, 색종이
· 에어쿠션: 영국에서 구하기 어려움

· 김장김치: 찌개용으로 몇 포기 가져오기를 추천
· 아기 영문 예방접종증명서
· 영문 서류: 출생증명서, 등본, 가족관계증명서 등
· 국제운전면허증
· 소프트렌즈 여분
· 샤워타올: 영국에서는 샤워볼만 판매

가져오지 않아도 되는 것

· 가전제품: 전압이 달라 고장 나는 경우가 많음. 영국 제품으로 사기를 추천
· 주방용품: 쓰던 것을 가져와서 버리고 가거나 영국에서 사기를 추천
· 그릇: 영국 그릇을 저렴하게 구매하기를 추천
· 아이 장난감: 영국 체리티샵에서 구매하기를 추천
· 생필품들, 치약, 칫솔, 샴푸 등: 여행 가는 정도만 챙기면 충분
· 옷: 영국이 더 저렴

* 전압과 헤르츠 차이: 한국 220V 60Hz, 영국 240V 50Hz

* 영국 호환 어댑터는 커리(Currys PC world)에서 구매하기를 추천

2.
영국 입국이 이렇게 힘들 줄이야

공항 의자에 앉아 비행기를 기다리고 있으니 이제야 한국을 떠난다는 실감이 난다. 출국을 준비하면서 눈앞에 닥친 일들을 하나씩 해결하기에 급급했었다. 한 가지 일을 해치우고 나면 또 다른 일이 어느새 성큼 와 있었다. 비행기를 타기 전까지는 머릿속이 온통 '출국 짐'으로 가득 차 있었는데 체크인을 무사히 하고 나니 당장 아이들과 엄마와 함께 영국에 무사히 입성할 수 있을지 걱정이 밀려왔다.

아이들이 이 기나긴 비행시간을 잘 견뎌줄 수 있을까?

입국심사가 그렇게 까다롭다던데 괜찮을까?

인천에서 암스테르담까지 열두 시간을 비행한 뒤 암스테르담에서 다섯 시간을 체류하고 다시 영국 리즈로 한 시간쯤 비행을 더 해야 했다. 졸린 눈을 비비며 겨우 잠을 참고 있던 아이들은 다행히 새벽 한 시 비행기를 타자마자 새근새근 잠에 들었다.

이제 코앞에 닥친 문제는 입국심사이다. 여태껏 철저하게 한국식 영어 공부만 해온 터라 외국인 앞에만 서면 머릿속이 새하얗게 되고 입 밖으로 말이 나오질 않았다. 보고 읽는 정도만 할 줄 알았지 듣고 말하는 데는 자신이 없었다. 그동안 해외여행을 갈 때도 남편이 앞장서 모든 일을 처리해줬기 때문에 특별히 내가 영어를 해야 할 일조차 없었다. 그랬던 내가 두 아이와 아무것도 모르는 엄마를 데리고 그 까다롭기로 소문난 영국 입국심사를 통과해야 한다. 한국에서 유학원 담당자에게 엄마와 함께 입국한다고 하니 왜인지 입국심사 받을 때 절대 엄마라고 해서는 안 된다고 했다. 들어갈 때부터 입국심사관이 일행인 것을 눈치 채지 않게 해야 한다고 몇 번이고 신신당부했다.

비행기 안에서 엄마와 이 문제에 대해서 이야기를 나눴다. 그리고 모녀 사이인 것이 크게 문제될 게 없다고 판단했다. 나에게는 비자가 있고, 영국은 무비자로 6개월간 여행도 가능한 나라이다. 대체 엄마가 우리와 함께 가는 것이 무슨 문제란 말인가? 일단 엄마랑 따로 입국심사를 받으러 가되 문제가 생기면 차근차근 솔직하게 말하자고 결론을 내렸다.

암스테르담을 거쳐 드디어 영국 리즈에 착륙했다. 두근두근. 이제 입국심사대만 통과하면 영국 땅에서 남편을 만날 수 있다. 입국심사대는 EU와 Non EU로 나뉘어 있다. 그리 크지 않고 관광도시도 아닌 리즈로 들어오는 사람들은 대부분 EU였다. 이 때문에 우리는 일행이 아닌 듯 따로 줄을 서기 어려웠다. 동양인은 우리뿐인 데다가 세 살배기 하은이가 할머니 옆에 꼭 붙어서 재잘재잘 떠드는 바람에 누가 봐도 틀림없는 일행처럼 보였다.

드디어 차례가 되어 엄마가 먼저 나섰다. 영어를 전혀 할 줄 모르는 엄마는 심사관의 질문에 "홀리데이"를 연신 외쳤다. 그사이 나는 옆 심사대로 아이들과 함께 갔다. 문제는 이때부터다. 엄마를 담당한 심사관이 우리가 기록한 입국심사서에 주소가 동일하다는 점을 발견한 모양이다. 키가 작고 얼굴이 까무잡잡한 중년남성이 딱딱하게 굳은 표정을 한 채 또각또각 발자국 소리를 내며 내가 있는 곳으로 걸어왔다. 그러고는 경직된 얼굴로 나에게 물었다.

"Is she your mother?(이 분이 너의 엄마니?)"

"Yes."

내가 미리 계획한 대로 엄마라고 대답한 순간 앞에 있던 두 심사관의 눈빛이 뻣뻣하게 굳어지는 것이 보였다. 순간 무언가가 잘못되어가고 있다는 느낌이 강하게 들었다. 심사관은 마치 내가 절대 저질러서는 안 되는 죄를 지은 것처럼 쏘아붙이면서 질문을 쏟아냈다.

"이 분이 너의 엄마니? 아니면 남편의 엄마니? 이모니?"

분위기에 압도된 나는 문법은 무시한 채 단어를 나열하면서 더듬더듬 대답했다.

"내가 어린아이가 두 명이고 짐이 많아서 혼자 올 수가 없었어. 블라블라~"

심사관은 내 설명 따위는 신경 쓰지 않고 계속 똑같은 질문만 반복했다.

"She is your mother, isn't she?(네 엄마 맞는 거지?)"

중요한 것은 이유와 상관없이 이 분이 나의 엄마인지 아닌지 여부였다. 엄마라는 사실이 확인되면 당장이라도 어디론가 끌려갈 것 같은 험악한 분위기다. 이렇게까지 큰 문제가 될 거라 예상하지 못했다. 이대로 엄마와 함께 영국 땅을 밟아보지도 못하고 생이별을 할까 두려워 얼굴이 새파랗게 질려갈 즈음이었다. 갑자기 우리 뒤에 줄서 있던 한 백인남자가 자기가 한국어를 할 수 있다고 한다. 그리고 구글 번역기를 켜고 나에게 핸드폰을 내민다. 내 눈에 한국어로 적힌 한 문장이 또렷이 들어왔다.

"이 사람이 너의 엄마니?"

나는 아주 빠르게 머릿속으로 판단했다. 지금 "mother"라고 하면 정말 큰일이 날 것을 감지하고 순간 나도 모르게 큰 소리로 외쳤다.

"No, Helper!(아니, 헬퍼야!)"

그러자 심사관들의 경직된 표정이 스르륵 풀린다. 안심한 얼굴로 다시 물어본다.

"헬퍼라고?"

"응 헬퍼야! 내가 힘들어서 도와주러 왔어."

대답하니 도장을 시원하게 쾅쾅 찍어준다. 휴~. 두 다리가 풀린다. 여기서 엄마와 헤어지면 비행기도 혼자 타본 적 없는 우리 엄마 어떡하라고.

극도로 긴장된 순간을 가까스로 모면하고 이제 짐을 찾을 시간이다. 30킬로그램 무게의 캐리어 일곱 개만 잘 찾아서 이 게이트를 빠져나가면 드디어 남편을 만날 수 있다. 공항 게이트는 일단 통과하면 다시 그 게이트를 들어올 수가 없기 때문에 짐을 나눠서 들고 나갈 수가 없다. 따라서 캐리어 일곱 개와 쌍둥이 유모차 그리고 아이들을 데리고 한 번에 통과해야 한다. 곤히 자고 있는 하진이를 아기띠 한 채로 엄마와 함께 30킬로그램 캐리어를 번쩍 들어올려 카트로 옮겼다. 정말 이 순간 나에게 이런 힘이 있었나 싶을 정도의 초인적인 힘이 나오더라.

어렵사리 짐을 다 쌓아올리고 게이트를 통과해서 나오려고 하니 이게 웬일이람. 입구가 너무 좁은 탓에 캐리어가 문을 통과할 수 없다. 우리는 다시 캐리어를 하나씩 바닥으로 내린 뒤 세로 방향으로 차곡차곡 쌓았다. 진정한 테트리스 게임이다. 쓰러지지 않게 카트 두 개에 캐리어 일곱 개를 나눠서 싣고 나니 쌍둥이 유모차는 자꾸 쓰러져 도저히 올릴 방법이 없다. 아직 세 돌도 지나지 않은 하은이에게 말했다.

"하은아! 엄마가 먼저 나가고 그다음에 하은이가 이 유모차를 끌고 나오는 거야, 알겠지?”

하은이가 한몫을 해주어야 했다. 그렇게 내가 게이트를 먼저 빠져나오고 하은이, 엄마 순으로 게이트를 빠져나왔다. 하진이를 아기띠 한 채로 120킬로그램 짐을 실은 카트를 끌고 정신이 나간 여자처럼 비틀거리며 겨우 게이트를 나왔다. 영국에 입성하기가 이렇게 힘들 줄이야. 저 멀리서 아무것도 모른 채 해맑게 웃으며 걸어오는 남편이 보인다. 남편을 만나니 이제야 쌓여 있던 긴장이 스르륵 풀렸다. 너무 긴장한 탓일까, 눈물이 주룩주룩 나는 채로 의자에 털썩 주저앉았다.

드디어 영국이다. 1년 동안 머물 영국 땅에서 우리 가족이 완전체로 만났다.

무사히 입국해서 참 다행이야.

BIG
KERALA
COFFEE SHOP
sta
sta TRAVEL

영국의 자동입국심사

· 자동입국심사 대상자

: 대한민국 국적의 18세 이상 전자여권 소지자

: 12~17세는 보호자 동반일 경우에만 가능

· 자동입국심사 불가능 대상자

: 11세 이하의 아이와 동반하는 가족

: Permitted Paid Engagement visa 소지자

: Tier 5 visa 소지자

: Short term Student visa 소지자(단기학생비자)

: Non-EEA 배우자가 영국에 EEA 배우자를 만나러 오는 경우

· 자동입국심사 장점

: 이민국 직원의 대면 인터뷰 없음

: 입국신고서 작성 불필요

· 자동입국심사 절차

: 여권 스캔

: 얼굴 인식 촬영

* 자동입국심사 실시: 히드로 공항, 맨체스터, 버밍엄, 브리스톨, 에딘버러, 글래스고우, 뉴캐슬 공항 등

* 영국 모든 공항이 자동입국심사로 바뀐 것은 아니다(리즈 브래드포드 공항은 대면입국심사).

3.
타임머신을 타고 80년대로

우리가 살 집은 리즈대학교의 가족기숙사이다. 영국 집은 보통 플랏flat과 하우스house 두 가지로 나뉜다. 플랏은 우리나라의 연립주택과 비슷하고, 하우스는 외국영화에서 볼 수 있듯이 앞뒤에 정원이 딸린 2층집이라고 생각하면 된다.

우리가 살게 된 가족기숙사는 총 아홉 가구가 한 건물을 쓰는 플랏이다. 우리 가족은 2층 맨 끝 라인 햇볕이 가장 잘 드는 집을 사용하게 되었다. 우리나라의 1층이 영국에서는 0층이기 때문에 2층이면 우리나라의 3층과 같다. 앞으로 아이를 안고 매일 꽤 많은 계단을 오르내리게 생겼다. 당장 남편이 30킬로그램의 캐리어 일곱 개를 혼자 낑낑거리며 옮기느라 고생이다. 2층 건물의 플랏이기 때문에 리프트lift가 없는 것은 당연하다. 우리는 1년 동안 이 계단을 참 많이 이고 지고 오르내렸다.

큰 방 하나와 작은 방 두 개 그리고 화장실 두 개와 주방과 거실

\-

우리가 1년 동안 살게 된 리즈의 가족기숙사.

이렇게 4인 식구가 살기에 충분하게 넓은 집이었다. 큰 방에 침대 세 개를 나란히 붙여 온 식구가 함께 잘 수 있는 가족침실로 세팅하고, 작은방은 놀이방과 손님방으로 사용하기로 했다. 한국에서 챙겨온 짐들이 원래 자리인 양 제자리를 찾아가기 시작했다.

한국에서 35년 이상을 살아왔기에 새로운 것들을 금세 알아차릴 수 있었다. 지금껏 경험해보지 못한 그것들은 처음에는 불편하게 다가왔다. 전통적이고 아날로그한 것을 중요하게 생각하는 영국은 마치 타임머신을 타고 80년대로 돌아간 것 같은 느낌을 주었다.

화장실 수도꼭지

찬물과 뜨거운 물의 수도꼭지가 나뉘어 있다. 내가 초등학교에 입학하기 전이었던 80년대에 사용하던 수도꼭지다. 찬물만 틀면 너무 차갑고 뜨거운 물만 쓰기에는 손이 데일 정도로 뜨겁다. 어쩔 수 없이 먼저 배수구를 고무마개로 막고 찬물과 뜨거운 물을 적당히 섞어 미지근한 물을 만들어 사용해야 한다. 물을 아낄 수 있는 장점이 있었으나 평소에 습관이 되어 있지 않은 나는 이 사용법에 길들여지기까지 꽤 오랜 시간 불편하게 느껴졌다. 더구나 이 수도꼭지는 아직 어린 하은이가 사용하기에는 매우 어려웠다. 한국에서는 수도꼭지를 위로 올렸다 내렸다만 하면 쉽게 사용할 수 있었지만 영국에서는 손아귀 힘으로 수도꼭지를 돌려야 했다. 아직 그 정도의 힘이 없는

찬 물 따로 뜨거운 물 따로인 화장실 수도꼭지.

하은이는 손을 씻을 때면 매번 도움이 필요했다.

대체 왜 수도꼭지가 분리되어 있는 것일까? 궁금했던 남편이 영국친구에게 물었다고 한다. 식수를 구분하기 위해서라고 한다. 찬물은 상수도 배관에서 직접 나와 먹을 수 있는 물이고, 온수는 보일러를 통해 나오기 때문에 오염 가능성이 있기 때문이다. 한국에서는 수돗물을 마시지 않기 때문에 잘 몰랐으나 이유를 듣고 보니 수도꼭지가 분리되어 있는 것이 납득이 된다.

건식 화장실

우리나라는 보통 습식 화장실을 사용하지만 영국은 건식 화장실을 사용한다. 물을 시원하게 끼얹으면서 화장실 물청소를 했던 나는 건식 화장실을 청소할 때마다 늘 고민스러웠다. 이 나라 사람들은 화장실 청소를 어떻게 하는 걸까? 궁금해하면서 어쩔 수 없이 사방으로 물을 튀기며 변기 청소를 했다. 샤워를 할 때도 마찬가지다. 샤워커튼을 치고도 물이 튀기 일쑤고, 아이들이 목욕놀이를 한 날이면 화장실 바닥이 흥건히 젖었다. 영국에서 이 건식 화장실을 사용할 때는 내내 불편한 것만 보였다. 그런데 막상 한국에 와서 화장실 안에서 종종 미끄러지는 하은이를 보고 있으니 때때로 건식 화장실이 그립기도 하다. 청결을 생각하면 습식 화장실이 좋지만 안전을 생각하니 건식 화장실이 더 나은 것 같다. 모든 것에는 장단점이 있기 마련이다.

집 열쇠

영국에서 대부분의 가정집은 열쇠를 사용한다. 우리 집도 마찬가지로 열쇠를 사용했다. 번호키에 익숙한 나는 외출하기 전에 열쇠 챙기는 일이 대단히 부자연스럽고 귀찮았다. 처음에는 익숙하지 않아 깜박하고 나갔다 다시 돌아오는 일을 반복했다. 외출하고 집으로 돌아올 때도 열쇠를 찾지 못해 당황했던 적이 종종 있다. 한번은 우버에 열쇠를 두고 내려 혹시 집에 도둑이 들지 않을까 걱정하며 몇 날 며칠 골치 아팠던 적도 있다. 영국사람들은 대체 왜 번호키를 달

영국 대부분의 집이 열쇠를 사용한다.

지 않는 걸까? 이곳 사람들은 편리함보다 안전성에 더 우선순위를 두는 것 같다. 조금 불편하더라도 안전한 열쇠를 선호하기 때문에 아직도 영국집들은 열쇠를 사용하는 경우가 대다수이다.

작은 냉장고

한국에서 900리터 양문형 냉장고를 사용하다가 영국에 오니 주방에 자취방 냉장고 같은 작은 냉장고 하나가 덩그러니 놓여 있다. 그 큰 냉장고도 밑반찬과 식재료로 언제나 꽉 차 있었는데 이 냉장고로 살림을 할 수 있을까? 벌써부터 걱정이다. 우리 집만 이렇게 냉장고가 작은 것이 아니었다. 다른 집도 비슷하게 작은 냉장고를 사용했

우리를 검소한 생활로 이끌어준 작은 냉장고.

다. 한국에서 바리바리 싸온 식재료들만으로도 이미 냉장고가 가득 찼다. 과연 이 냉장고로 4인 식구가 밥을 해먹고 살 수 있을까?

신기하게도 살다 보니 다 살아졌다. 우리는 이 작은 냉장고 덕분에 꼭 먹을 만큼의 식재료를 구매하게 되었고, 그러다 보니 저절로 낭비도 줄었다. 한국에서는 냉장고 깊숙이 들어 있는 식재료들을 시간이 지나 버리는 일이 꽤 많았다. 이렇게 냉장고 크기에 맞춰서 생활하니 꼭 큰 냉장고도 필요 없겠다는 생각이 든다.

은은한 불빛 전등

나는 불빛이 환한 것을 좋아한다. 집에서도 이곳저곳 불을 켜놓고 사는 편이었다. 그러나 영국의 집들은 대체로 은은한 백열등을 사용한다. 처음에는 아무리 불을 다 켜놓아도 어두침침하게 보이는 것 같아 답답하게만 느껴졌다. 하얗고 밝은 형광등에 적응되어 있는 나는 전등을 다 바꿔야 하나 생각까지 했다. 이 또한 며칠 지나니 자연스럽게 적응된다. 오히려 밝은 조명을 보면 부담스럽게 느껴지기도 했다. 무언가에 대해 처음부터 좋고 싫음이 결정되지 않는 것 같다. 내가 그동안 자연스럽게 써왔던 것들이 익숙하고 편안하게 인식될 뿐이라는 생각이 든다. 새롭고 낯선 것은 익숙하지 않은 데서 오는 불편함이 잠시 느껴질 뿐 그것이 무엇이든 시간이 지나면 나에게 꼭 맞는 것이 되어가는 듯하다.

카펫 문화

라디에이터로만 겨울 난방을 하는 영국의 집에는 카펫이 깔려 있다. 마룻바닥보다 카펫바닥은 보온 효과가 훨씬 좋다. 왜 이곳은 카펫을 쓰는 걸까 궁금했는데 막상 습하고 으슬으슬 한기가 올라오는 겨울이 오자 자연스레 그 이유를 알 수 있었다. 처음에는 걸레로 바닥을 빡빡 닦을 수가 없으니 괜히 찝찝하게 느껴졌다. 과연 돌쟁이 하진이가 이곳을 기어다녀도 될까 싶은 생각도 들었다. 더군다나 비염이 있던 하은이가 먼지 때문에 악화될 수도 있겠다는 걱정이 들었다. 1년이 지나고 나니 이런 걱정들은 괜한 것이었다는 생각이 든다. 1년 동안 우리 가족은 어느 때보다 더 건강하게 보냈다. 카펫바닥에 별 다른 청소법을 사용하지도 않았고 특별히 유난을 떨지도 않았다. 살다 보니 아이들은 자연스럽게 카펫에 떨어진 과자를 주워먹기도 하고 기어다녔고 뛰어다녔다. 환절기 때마다 코를 훌쩍거리느라 바쁜 남편이 영국에 있을 때 비염에서 완전히 벗어나게 된 걸 보면 카펫보다 더 중요한 것은 자연환경인가 보다.

운전석 방향

영국은 우리나라와 운전대 방향이 반대다. 교통수단으로 마차를 사용할 당시 마부의 자리가 오른쪽이었던 데서 유래됐다고 한다. 우리는 1년 동안 차를 사지 않았기 때문에 가끔 여행을 할 때 렌트를 한 것을 제외하고는 운전할 일이 없었다. 처음으로 렌트를 했던 날 남편은 운전석에 앉아 진땀을 흘려야 했다. 우리나라와 달리 영국사람들은 대부분 수동차량을 이용하는 편인데 하필 그날 우리가 받은 차가 수동기어였다. 운전석이 반대인 데다가 기어까지 수동이라 한참을 헤매었다. 시동이 여러 번 꺼지고 시도 때도 없이 중앙선을 밟았으며 역주행하기 일쑤였다.

운전을 하지 않아도 일상생활에 불편함은 존재했다. 횡단보도를 건너면서 좌우를 살필 때도 반대로 살펴야 하고, 버스를 탈 때는 반대로 건너가서 타야 한다. 차가 왼쪽에서 오는데 습관적으로 오른쪽을 살피고 건널 때도 종종 있었다. 자연스럽게 스며들어 있던 습관에서 벗어나 새로운 관습을 받아들이는 시간이 우리에게는 필요했다.

영국에 입국한 지 얼마 안 됐을 때는 이 모든 것들이 낯설고 불편하게만 느껴졌다. 하지만 사람은 역시 적응의 동물이다. 2주 정도 시간이 흐르자 어색했던 것들이 곧 자연스러워졌다. 이 시간들을 통하여 모든 것에는 양날의 검처럼 장점과 단점이 함께 있다는 사실을 깨달았다. 단점만 보려고 하면 끝도 없이 불편하게 느껴지지만 관점을 바꾸어 장점을 바라보니 신기하게도 모든 것, 모든 일에 감사한 마음이 들었다.

4.
그리운 친정엄마의 흔적

함께 입국한 친정엄마는 2주 동안 영국에서 머물고 한국으로 돌아갈 일정이었다. 처음 1주는 시차를 비롯해 온통 낯선 영국생활에 적응하느라 바빴다. 영국은 한국보다 여덟 시간이 느리다. 며칠 동안 아이들은 오후 네 시가 되면 어김없이 잠들었고 새벽 세 시에 일어나 하루를 시작했다. 어른인 나조차도 시차 적응이 쉽지 않았다. 낮에 졸린 눈을 비비며 생활하면서 의식적으로 조금씩 늦게 자려고 노력했다. 이내 우리 가족은 점차 영국시간에 맞춰 생활할 수 있게 되었다.

살림과 거리가 먼 딸을 위해 엄마는 집 안 구석구석을 찾아 닦기 시작했다. 이곳에서 1년을 살아도 내 손길이 닿지 않을 만한 곳을 너무도 잘 알고 계셨다. 거실과 방에 있는 커튼을 모두 떼어내 세탁기를 몇 번이고 돌리고 말리고를 반복하셨다. 그러고는 먼지가 말끔히 사라져 하얗게 된 커튼을 달고 속이 다 시원하다며 아이처럼 좋아하셨다. 집에 필요한 주방용품과 생활용품도 은근히 살 게 많았다. 엄마는 여기저기 바쁘게 다니시면서 딸네 가족이 1년 동안 편안하게 생활할 수 있도록 이것저것 구비하셨다.

엄마와 함께 리즈 시내를 걷고 있노라면 기분이 이상했다. 내가 엄마와 함께 유럽 땅을 밟을 줄이야. 살면서 한 번도 상상해보지 못한 일이었다. 나에게 엄마와의 추억은 늘 한국이 배경이었다. 막연히 앞으로도 쭉 그럴 거라고 생각했던 것 같다. 이렇게 머나먼 유럽의 낯선 땅을 엄마와 팔짱을 끼고 걷고 영화에서만 나올 법한 건물들 앞에서 사진을 찍으니 내 생에 이런 날도 있구나 싶었다. 이 순간들이 행복하게 느껴졌다.

엄마와 함께한 2주 동안 나도 이곳이 처음이라 우왕좌왕 갈피를 잡지 못했다. 어디를 가야 할지도 몰랐고 정보를 얻을 만한 곳도 없었다. 엄마는 아이들과 함께 집 근처 공원에 가서 함께 영국의 가을을 느껴보고 푸른 잔디를 밟아보는 것으로 만족해하셨다. 유일하게 엄마와 다녀온 나들이는 리즈에서 기차로 30여 분이면 갈 수 있는 요크York가 전부였다. 그마저도 날씨가 도와주지 않아 비가 주룩주룩 내리는 전형적인 영국 날씨에 우산을 쓰고 유모차를 끌며 고생스럽게 돌아다녔다.

엄마가 귀국하시고 나는 영국에 머물면서 좋은 곳을 만나면 늘 아쉬웠다. 엄마랑 왔으면 참 좋았을 텐데……. 엄마랑 좋은 곳 좀 열심히 다닐 걸…….

영국에 있는 동안 엄마는 없는 식재료들로 다양한 한식을 만들어 내셨다. 오이초무침, 닭볶음탕, 제육볶음, 된장찌개, 잡채, 미역국, 소고기무국 등 요리를 할 때마다 나를 불러 꼼꼼하게 조리법을 알려 주셨다. 요리 잘 못하는 딸이 이곳에서 밥이라도 제대로 먹고살까 걱정하시면서 말이다. 곧 다가오는 딸 생일까지 걱정하시면서 잡채를 냉동실 한편에 보관하시고는 내게 말씀하셨다.

"생일날 아침에 따뜻하게 데워서 꼭 먹어."

귀국하기 전날에는 배추 네 포기를 사 와서 김치를 담그셨다.

"이제 할 일 다했다. 한국 가도 되겠다."

딸네 가족이 한동안 먹을 김치를 다 담그고는 밀린 숙제를 해치우신 것 마냥 좋아하셨다. 그렇게 우리 집은 곳곳이 엄마의 흔적으로 가득찼다.

한국에서 리즈까지 한 번에 오는 직항편이 없기 때문에 암스테르담을 경유해야 한다. 패키지 해외여행만 다녀본 엄마가 국제미아 될까 아빠는 떠나기 전부터 걱정을 많이 하셨다. 우리에게 엄마를 꼭 경유하는 곳까지는 데려다 줘야 한다고 신신당부를 하셨다. 덕분에 우리는 엄마를 암스테르담까지 모셔다 드리면서 겸사겸사 네덜란드 여행을 하기로 했다. 국경을 넘어 배웅을 한다니 참 신기한 일이다.

눈 깜짝할 사이에 2주라는 시간이 흘러 엄마가 가시는 날이 왔다.

2주 내내 잔뜩 흐리고 칙칙한 영국 날씨를 한껏 보여주던 하늘이 엄마가 가시는 날에는 구름 한 점 없이 맑고 푸르렀다. 집 앞 벚꽃나무 잎도 딱 적당히 빨갛게 물이 들었다. 지난날을 곰곰이 돌아보니 나는 참 무뚝뚝하고 표현할 줄 모르는 딸이었다. 엄마에게 그렇게 살가운 딸은 아니었던 것 같다. 엄마에게 사소한 문제로 툴툴거린 후에도 마음이 여린 엄마가 항상 먼저 나에게 다가오셨다. 나는 뭐가 그리 잘났다고 엄마에게 먼저 다가가지 못한 것일까. 그럼에도 엄마와 나는 늘 밀착되어 있는 상태를 유지했다. 엄마는 하나뿐인 딸과 시시콜콜한 이야기들을 공유하고 때마다 손자손녀 보시는 것을 좋아하셨다. 유독 외로움을 많이 타고 소녀감성을 가진 엄마가 유일하게 속내를 다 드러낼 수 있는 사람은 딸인 나였다. 그렇기에 엄마는 딸네 가족이 이리도 먼 곳으로 가는 것을 많이 서운해하셨다.

암스테르담 공항에서 엄마와 헤어져야 할 때가 왔다. 짧은 경유시간으로 오래 머물 수는 없다. 우리는 바쁘게 뛰어서 엄마를 게이트까지 모셔다 드렸다. 이제 헤어져야 하는데 엄마 눈을 바라볼 용기가 나지 않았다. 눈이 마주치면 걷잡을 수 없이 폭포수 같은 눈물이 나올 것 같았다.

"엄마 걱정하지 마! 1년 금방이야."

나는 눈물을 꾹꾹 참아내며 눈시울이 빨개진 채로 씩씩하게 말했다. 그렇게 우리는 서로의 눈을 제대로 쳐다보지도 못하고 한 차례

껴안고는 시간에 쫓기듯 바쁘게 헤어졌다.

짧은 작별인사 뒤 엄마는 비행기를 타고 한국으로 가셨다. 우리는 이곳에 그대로 있고 엄마는 우리와 점점 멀어지고 있는 것이다. 결혼할 때도 이런 감정을 느끼진 않았던 것 같다. 엄마를 보내고 암스테르담을 여행하는 3일 동안 나는 많이도 울었다. 트램을 타고 멍하니 창밖을 보다가도 눈물이 흘렀고 페리를 타고 멋진 풍경을 보면서도, 밤에 자려고 침대에 누워서도 주책없이 눈물이 흘렀다.

이민을 온 것도 아니고 고작 1년 타국살이 하는데 왜 이리 청승맞게 눈물이 나는 건지 나도 모르겠다. 옆에서 재잘재잘 떠드는 하은이를 보고 있노라니 또 눈물이 났다. 내가 하은이를 바라보는 이 눈으로 엄마는 나를 바라보셨음이 느껴졌다. 나는 여전히 엄마에게 어린아이였던 것이다. 엄마가 주신 그 단단한 사랑으로 우리 아이들을 키워내고 있다는 생각이 들었다. 그렇게 나는 엄마와 같은 엄마가 되어가고 있는 것이다.

네덜란드 여행을 마치고 집으로 돌아오니 적당히 예쁘게 물들었던 잎들이 하나둘 떨어지고 있었다. 집 구석구석 엄마의 흔적이 보일 때마다 딸을 향한 걱정과 사랑이 느껴져 가슴이 아려왔다. 먼지 하나 없이 하얀 커튼을 보면서도, 아삭한 김치를 먹으면서도 떠올랐고, 엄마와 함께 갔던 마트라도 가면 어김없이 엄마가 생각났다. 할머니가 그리운 하은이도 잊지 않고 말했다.

–
친정엄마가 떠나는 날 집 앞에서 사진 한 장!

"여기 할머니랑 왔던 곳이잖아."

멀리 떨어져보니 늘 곁에 있던 엄마의 존재가 더욱 소중하게 느껴진다. 애를 낳고도 들지 않던 철이 이제야 드나보다. 자나 깨나 딸이 잘 있나 걱정하시는 엄마를 위해서라도 나는 꿋꿋하고 씩씩하게 이 시간을 보낼 것이다. 이렇게 나는 한 뼘 더 성장하고 있는 것이다.

5.
여기는 한국인가, 영국인가, 감옥인가!

외국살기 프로젝트를 시작하고 3년 만이다. 이 삶을 위해서 우리 부부는 지난 3년간 얼마나 치열하게 고민하고 노력했는지 모른다. 나나 남편이나 모두 간절히 원했기에 한 치의 고민도 없이 한국을 떠나온 것이 아닌가.

하지만 꿈과 현실은 다르다. 우리에게 닥친 현실은 그동안 꿈꿔왔던 낭만적인 모습과는 달리 괴리감이 크게 느껴졌다. 영국에 입국한 지 2주 정도 지나고 엄마는 한국으로 돌아가셨다. 이후 우리는 본격적으로 영국생활에 적응하기 시작했다. 남편은 오리엔테이션을 끝내고 수업을 따라가기 바빴고 자연스레 학교에서 보내는 시간이 길어졌다. 나는 홀로 덩그러니 집에 남아 아이들을 돌보면서 보내는 시간이 길어졌다. 때마침 붉게 물든 단풍잎들이 하나둘 떨어지고 찬 바람이 쌩쌩 불어오면서 손과 발은 얼음장처럼 차가워졌다. 이 조용하고 고독한 시간에 찾아오는 외로움은 나도 모르게 내 가슴속 깊이 파고들었다.

하은이와 하진이 둘 다 한창 엄마 손길이 필요한 어린아이이다. 한국에서 또래 아이들과 어울려 어린이집 생활을 하던 하은이는 친구 하나 없는 이곳에 와서 한동안 집에만 있게 되니 지루하고 따분해했다. 아직 아기인 하진이는 하루에도 몇 번씩 엄마 품에 안겨 모유를 먹었다. 유난히 모유에 집착해 하룻밤 사이에도 엄마젖을 찾아 열 번 이상 깨는 날이 허다했다.

아침에 남편이 학교를 가고 나면 두 아이와 오롯이 집에서 시간을 보냈다. 외출이라도 할 수 있으면 좋으련만 아이 둘을 데리고 혼자 집밖에 나갈 엄두가 도저히 나지 않았다. 의사소통에 자신이 없어 이 낯선 곳에서 아이들을 제대로 보호하지 못할까 두려웠다. 이곳도 사람 사는 곳인데 처음이라 알 수 없는 두려움이 먼저 앞섰다. 한국에서 태어나고 자라면서 자연스럽게 습득한 말하기, 듣기, 쓰기, 읽기 등 기본적인 언어 능력이 이곳에서 리셋이 되고 나니 덩달아 자존감도 뚝뚝 떨어지기 시작했다. 나 혼자라면 아랑곳하지 않고 스마트폰 하나 들고 이곳저곳을 정신없이 쏘다녔을 터이다. 두 아이의 엄마라는 사실이 낯선 이곳에서 한없이 무겁게만 느껴졌다.

집에만 있으니 왜 이렇게 해야 할 일이 많은지 모른다. 해도 해도 끝이 없다. 외식 물가가 비싼 이곳에서 생활비를 절약하기 위해서라도 삼시세끼를 집에서 해결하려고 노력했다. 또한 먹고 싶은 메뉴를 전화 한 통이면 집까지 가져다주는 편리한 배달문화도 찾아보기 힘들다. 그동안 살림과 요리와는 거리가 멀었던 나는 어쩔 수 없이 서툴지만 요리를 하기 시작했다. 한국에서는 한식을 그다지 좋아하지도 않았으면서 외국에 있다는 이유만으로 이상하게 한식에 대한 애정이 솟구쳤다. 지금 생각해보니 한국에 대한 그리움을 한식을 먹으며 달랬던 것 같다. 결혼 후 아침은 항상 시리얼로 간단히 먹었음에도 영국에서는 아침도 한식으로 차려먹었다. 그렇게 밥을 하고, 설거지를 하고, 아이들을 돌보고, 이유식을 만들고, 다시 밥을 하고 도돌이표 하다 보면 하루가 훌쩍 지나갔다.

말로만 듣던 독박육아가 시작됐다. 한국에서는 남편이 없어도 대체할 수 있는 사람들이 주변에 많이 있었다. 응급상황이면 친정엄마를 소환할 수 있었고, 근처에 사는 비슷한 개월수의 아이를 키우는 친구들과 공동육아를 할 수 있었다. 하지만 이제는 오롯이 나 혼자서 두 아이를 돌봐야 한다. 이곳에는 전화 한 통이면 달려와 줄 엄마도, 속시원하게 수다떨 친구도 없다. 1년 365일 하루 종일 집에 있는 날이 열 손가락 안에 꼽을 정도로 나돌아다니기를 좋아하는 내가 이곳에 오니 만날 사람이 단 한 명도 없다. 더구나 이곳은 한국과 낮과 밤이 다르다. 오프라인에서 만나지 못하면 온라인에서라도 대화를 해야 하는데 낮 두 시가 지나면 슬슬 핸드폰도 고요해진다. 그렇게 한국에 있는 친구들과도 서서히 멀어지고 나 혼자 고립되어가는

–
안방 침대에 누워서 바라본 풍경.

것만 같았다.

대체 여기는 한국인가? 영국인가? 감옥인가? 그렇게 바라고 바라던 영국에 왔는데 도통 이곳이 어디인지 모르겠다. 집밖을 나가지 않으니 영어를 들을 일조차 없다. 나는 집에서 매일같이 아이들과 고군분투하며 시간을 보냈다. 이런 시간이 길어지자 때로는 애꿎은 남편이 미웠다. 남편은 본인이 하고 싶어 하던 공부를 하며 석사학위까지 받지 않는가 말이다. 나는 대체 이곳에서 무엇을 하고 있는 거지 하는 생각이 수도 없이 들었다. 어느 날 수업을 마치고 돌아온 남편을 붙잡고 하소연했다.

"나 힘들어. 여기 왜 온 걸까? 집에만 있는데……."

사실 남편이라고 쉬웠을까. 아무리 영어 공부를 열심히 했다 하지만 하루 종일 원어민에게 전공수업을 듣는 것은 차원이 달랐다. 늦깎이 학생이 된 남편은 여전히 영어가 들리지 않는다며 자책했고 부랴부랴 학업을 따라가기 바빴다. 어디 그뿐인가. 집에 오면 아이들과 함께 시간을 보냈고, 아이들이 잠이 들고 나서야 집안일을 할 수 있었다. 인터넷 설치, 전기와 가스 신청, 은행계좌 개설 등 한국에서는 간단한 업무들이 이곳에서는 모두 고군분투하며 해결해야 할 미션이었다. 우리는 이 모든 것이 처음이었고 조언을 구할 곳도 마땅치 않았다. 때로 남편은 자신만을 의지하고 바라보는 세 식구가 버거웠을 것이다. 아내인 나조차도 이곳에선 남편 없이는 아무것도 못

진정한 독박육아가 시작되다.

하는 어린아이와 다를 바 없었다.

이것은 우리가 바라던 이상적인 외국생활이 아니었다. 그럼 뭐였을까?

'가족과 함께하는 시간을 많이 갖는 여유롭고 평화로운 삶!'

딱 여기까지가 우리가 그렸던 삶이다. 우리는 동전의 양면을 자세히 보지 않았다. 모든 면에는 장단점이 있기 마련이지 않는가. 역시 현실에 부딪혀봐야 깨닫는 무언가가 있는 법이다.

나는 이곳에 왜 왔을까?

나에게 1년 후에 어떤 변화가 있을까?

이 시간을 통해 내가 무엇을 얻을 수 있을까?

이 시간을 어떻게 보내야 잘 보냈다는 생각이 들까?

나는 근본적인 것에 집중했다. 그리고 스스로에게 묻고 또 물었다. 우리는 전 재산을 가지고 그동안 누리던 안정적인 생활을 모두 내려놓고 왔다. 그렇게 용기를 내서 이곳에 온 것이다. 힘들게 얻어낸 이 귀중한 시간을 그냥 이렇게 감옥에 있는 것처럼 흘려보내면 안 된다. 내가 처한 상황을 바꿀 수 없으니 나는 이 안에서 작은 변화를 시도하기로 결심했다.

6.
작은 변화로 기적 만들기

친구 하나 없는 이곳에서 내가 의지할 것이라고는 인터넷뿐이었다. 하루에도 몇 번이고 '여왕님들 in Uk' 카페에 들락날락했다. 그러던 어느 날 눈에 딱 뜨이는 제목의 게시글이 올라왔다.

"자기계발 하실 분들 모집해요."

외로움에 허우적대고 있던 나는 사실 자기계발보다 일단 누구라도 말할 사람이 필요했다. 용기 내어 덜컥 오픈채팅방에 들어갔다. 8주 동안 각자 정한 목표를 매일 채팅방에 인증하면 미션 성공이란다. 채팅방에 모인 사람들은 대부분 영국 거주자였으나 미국, 벨기에, 네덜란드 등 다른 나라에 머무는 사람들도 모여 있었다. 사는 곳은 모두 다르지만 우리에게는 한 가지 공통점이 있었다. 고국을 떠나 살고 있다는 것.

이 사실 하나만으로 결속력은 대단했다. 무엇보다 서로의 외로움을 찰떡같이 알아차렸고, 진심으로 공감하고 위로했다. 오후시간이 되면 고요했던 내 핸드폰도 이 채팅방으로 인해 카톡소리가 들려오기 시작했다. 사무치게 외로웠던 나는 이 카톡소리 하나가 얼마나 반갑고 든든했는지 모른다.

미션은 어떤 것이 좋을까? 고민하다가 하루 종일 집에서 아이 둘과 함께 있는 시간을 조금 더 적극적으로 보내기로 했다.

월요일: 대근육 활동

화요일: 소근육 활동

수요일: 율동 배우기

목요일: 감각놀이

금요일: 동화책 읽기

이렇게 매일 다른 주제를 정해놓고 아이들과 함께 시간을 보내기로 결심했다. 목표가 생기니 아이들과 시간을 보내는 것이 한결 수월해졌다. 자연스레 아이들도 즐거워했고, 나 또한 오늘 하루 아이들과 무언가를 했다는 성취감을 느낄 수 있었다. 늘 작심삼일이었던 나는 매일 채팅방에 사진으로 인증을 해야 하니 잊지 않고 미션을 수행했다. 정해놓은 것을 꾸준히 실천하는 스스로를 보면서 함께하는 힘이 얼마나 큰지 깨달았다. 이 채팅방은 타국살이를 하는 나에게 1년 동안 포근한 친정 같은 존재가 되어주었다.

영국에 머물면서 가장 큰 변화는 나에게 찾아온 이 귀한 시간을 기록하기 위해 매일 글을 쓰기 시작했다는 것이다. 몇 개월 전 영국 출국을 준비하는 과정에서 마땅히 조언 구할 곳이 없었던 나는 카페와 블로그를 통해 정보를 수집했었다. 자신의 경험을 아낌없이 적어 놓은 글들을 보며 막연했던 출국 준비를 하나씩 해나갈 수 있었다.

"우리도 나중에 영국 가게 되면 꼭 블로그 하자."

그들의 경험을 통해 도움을 받았기에 나중에 우리도 다른 사람들에게 도움이 되는 글을 쓰자고 남편과 함께 다짐했었다. 그러나 막상 영국에 오니 적응하기 바빠 그때 했던 다짐은 잊은 채 살고 있었다. 내가 외로움에 대해 토로할 때마다 블로그를 권유해주는 분도 있었다.

"맞다. 나 원래 블로그 하려고 했었지?"

누군가를 통해 같은 자극을 반복해서 받으니 나도 모르게 무의식에 있던 생각이 떠올랐다. 블로그는 자신의 생각이나 경험을 통한 정보를 장문으로 쓰는 SNS이다. 곰곰이 생각해보면 어려서부터 나는 유난히 글재주가 없었던 것 같다.

"엄마, 낳아주고 길러주셔서 감사합니다."

어버이날에도 이 한 줄을 쓰고 나면 도통 할 말이 없었다. 그동안 SNS를 전혀 하지 않고 글재주도 없던 내가 블로그라는 SNS를 시작했다. 아는 사람들이 직접적으로 연결되어 있지 않은 블로그라는 채

널이 나에게는 편안하게 다가왔다. 나는 매일같이 남의 의식을 신경 쓰지 않고 내가 경험하는 하루 일상을 기록해나갔다. 시간이 지나고 하나둘 글이 쌓이자 누군가가 내 블로그에 들어와 글을 읽어주고 궁금한 점들을 댓글로 남기기도 했다. 나는 나의 경험이 필요한 사람들에게 답글을 남기면서 뿌듯함을 느낌과 동시에 사람들과 소통할 수 있음에 감사했다. 그렇게 나는 외로움의 구렁텅이에서 조금씩 빠져나올 수 있었다.

글을 쓴다는 것은 신비한 힘을 갖고 있다. 처음에는 그저 아직 어린 우리 아이들이 나중에 볼 수 있도록 순간순간을 남기고 싶었다. 기억을 선명하게 간직하고 싶어서 글을 썼는데 신기하게도 내 사소한 일상들이 하나씩 특별해지기 시작했다. 매일 비슷하게 돌아가던 평범했던 일상들도 글을 쓰자 나에게 의미 있는 일들이 되었다. 그렇게 나는 모든 작은 일에 의미를 부여했고 감사하기 시작했다.

또 하나의 시도로 육아와 상관없이 오롯이 나를 위한 자기계발을 하고 싶었다. 지금 당장 나에게 필요한 것은 '영어'이다. 가까운 곳으로 영어 강의라도 들으러 다니면 좋으련만 두 아이를 두고 갈 엄두가 나지 않았다. 집에서 짧은 시간이라도 영어 공부를 놓치지 않고 하기로 결심했다. 나는 매일 일정 분량의 영어를 듣고 쓰고 말했다. 이곳에서는 영어가 생존하기 위해서 필수라는 것을 피부로 느꼈기 때문이다. 물론 이러한 공부법은 한국에서도 충분히 실천할 수 있다. 하지만 나는 이 상황이 닥치지 않았다면 결코 하지 않았을 것이다. 외출이라도 해서 외국인과 대화할 일이 생기면 공부한 영어 문장을 하나라도 더 써보려고 애썼다. 혼자 외출하는 것이 무서웠던 나는 이 두려움에서 서서히 벗어나기 시작했다. 외국인 앞에만 서면 긴장해서 아는 단어도 듣지 못하고 말하지 못했던 나이다. 그랬던 내가 영어 공부를 꾸준히 하면서 조금씩 자신감이 생기기 시작했다. 못 들으면 다시 물어보기도 하고 문법에 맞지 않지만 최대한 표현하려고 노력했다. 남편 없이 아이들과 외출하는 것이 더 이상 어려운 일이 아니었다. 이것만으로도 나에게는 큰 수확이었다.

남편은 한동안 무기력에 빠져 있던 나에게 말했다.

"우리 1년 동안 유럽 열 개 나라를 여행하는 것이 목표라고 했잖아. 여행 계획을 세우는 거 어때?"

남편은 집에서 우울해하는 나에게 활기를 불어넣어줄 만한 일거리를 주었다. 저렴한 비용으로 여행을 다닐 수 있다는 것은 영국에 거주하면서 누릴 수 있는 혜택 중 하나였다. 우리는 이 혜택을 1년 동안 최대한 누려보기로 했다. 한국에서 머나먼 유럽 땅에 여행 오는 것이 얼마나 힘든 일인지 잘 알기 때문이다. 여행을 좋아하는 나는 시간이 날 때마다 틈틈이 계획을 세웠다. 겨울방학 때는 날씨가 따뜻한 스페인 남부로 가볼까? 아니면 프랑스 남부로 갈까? 계획을 짜면서 내가 이곳 유럽 땅에 살고 있다는 것에 감사했다.

상황은 그대로였지만 마음가짐이 변했다. 상황보다 더 중요한 것은 내가 어떤 태도로 그것들을 마주할 것인가이다. 나는 지금 이 시간을 좀 더 적극적으로 즐기기로 결심했다. 그렇게 내 삶은 놀랍도록 달라지기 시작했다. 매순간 새롭게 다가오는 것들에 감사하는 마음이 생겼고, 이 시간이 소중해졌다.

그렇지. 바로 이게 우리가 원했던 외국살이지! 참 감사하다.

아이와 함께 참여하면 좋은 커뮤니티

- 도서관Library: story telling 참여
- 커뮤니티 센터: 영어수업 및 아이 연령대에 맞는 프로그램 진행
- 교회 모임: Play Group 참여
- 박물관Museum: Play Zone 이용. 방학 기간에 프로그램 진행
- 미술관Gallery: 아이들을 위한 미술 공간 활용
- Children Centre: 아이들을 위한 프로그램
- Sure Start: 아동복지프로그램 제공(수유 방법 교육, 부모교육, 영어수업 등)
- Toy Library: 장난감 대여 서비스
- Hoop App(What's on for kids): 아이들을 위한 이벤트 정보 제공
- Mush App: 또래 아이를 둔 엄마들과 교류

7.
내가 만난 천사들

"한국사람 절대 믿으면 안 돼."

타국살이를 오래 하고 오신 분들이 종종 하는 말이다.

외국에서 만나게 되는 한국사람들에게 마음 주지 말고 절대 사기 당하지 말라는 이야기를 심심찮게 듣는다. 주변에서 실제로 한인에게 사기를 당했다는 사례도 자주 접할 수 있다.

그러나 우리가 살게 된 리즈라는 도시는 영국에서 세 번째로 인구가 많은 도시임에도 길거리에서 한인을 우연히 만날 일은 거의 없다. 나 또한 1년 동안 살면서 리즈 시내에서 한인을 마주친 경우는 딱 한 번에 불과했다.

리즈에는 공식적인 한인 커뮤니티가 두 개 있다.

한인교회와 한글학교.

한인교회는 누구나 마음만 먹으면 나갈 수 있는 곳이고, 한글학교는 36개월 이상의 아이들이 매주 토요일마다 모여 한글을 배우는 곳이다. 미혼인 젊은 유학생들은 보통 한인교회에서 커뮤니티를 형성하고, 아이를 둔 가족들은 한글학교에서 활발하게 교류한다. 때마침 영국에 오고 얼마 지나지 않아 하은이가 세 번째 생일을 맞이했기 때문에 우리는 한글학교에 나갈 수 있었다. 우리 가족은 매주 토요일에는 한글학교, 일요일에는 리즈한인교회를 나가면서 한인커뮤니티에 자연스럽게 스며들 수 있었다.

영국으로 떠나오기 전에 들었던 우려 섞인 말들과는 달리 우리 가족이 이곳에 와서 만난 한인들은 그야말로 천사였다. 처음으로 한글학교에 나가 우물쭈물하는 우리를 따뜻하게 맞아주고, 정착하면서 겪게 되는 어려움도 깊이 공감해주었다. 이곳에서 오래 사신 분들은 이렇게 스쳐지나가는 사람들을 수없이 만나왔음에도 신기할 정도로 한결같이 따뜻했다. 평소에 궁금했던 것을 물어볼 곳이 없던 우리는 이곳에 오니 숨통이 트이는 것 같았다. 싱크대 배수구 덮개는 어디서 살 수 있는지, 4인 가구 수도세는 평균 얼마가 나오는지, 널서리 바우처는 어떻게 신청할 수 있는지 등 그동안 일상생활에서 궁금했던 점 모두에 대해 해답을 얻을 수 있었다.

이들은 어쩜 이렇게 다정하고 친절한 것인가. 그 어떠한 대가도 바라지 않으면서 온전히 도와주고 싶어하는 마음이 나에게 전달되었다. 낯선 타국에서 이런 따스한 배려를 받으니 나도 나중에 꼭 나같이 처음 오는 분들에게 도움을 줘야겠다는 다짐을 절로 하게 되었다. 이것이 바로 선순환인가보다.

어느 토요일 점심으로 라면과 함께 엄마가 담그고 간 김치를 마지막으로 먹었다.

"이제 김치도 끝이네. 너무 아쉽다."

여태껏 김치 한 번 담가본 적이 없는 나는 김치 담글 생각은 미처 하지도 못하고 똑 떨어진 김치를 못내 아쉬워했다. 마지막 김치 한 조각마저 싹싹 긁어 먹은 뒤 아이들과 한가롭게 주말 오후를 보내고 있을 때였다.

딩동 하고 문자 하나가 도착했다.

"지금 집에 계신가요?"

얼마 전 한인교회에서 만난 분으로 리즈에 오랫동안 거주하신 한국분이다. 집에 있다고 답장을 보내니 지금 집 앞에 와 있으니 잠깐 나와보라 하신다. 무슨 일인가 싶어 남편이 부랴부랴 나갔다. 집으로 돌아온 남편 손에는 10킬로그램 현미쌀, 김치 한 통, 약밥이 들려 있었다. 어린아이들 데리고 이곳에서 어찌 살까 걱정이 되어 오셨다고 한다. 방금 전 김치가 똑 떨어진 타이밍에 이 김장김치가 얼마나 반갑게 느껴졌는지 모른다. 또한 이곳에서 백미는 쉽게 구할 수 있어도 현미는 구하기가 힘들다며 귀한 현미쌀을 갖다 주셨다. 영국에서 달달한 약밥을 먹고 있노라니 이렇게 행복할 수가 없다. 한국에서는 쉽게 구할 수 있는 것들이지만 이곳에서는 하늘에서 뚝

뜻밖의 선물 현미쌀과 김치 그리고 약밥.

떨어진 것 마냥 거저 받는 귀한 선물이었다.

한번은 리즈대학교에 유학 중인 딸을 만나러 한 달 동안 리즈로 여행 오신 부부를 알게 됐는데 두 번째 만난 날 사모님이 나를 붙잡고 말씀하셨다.

"체리티샵에서 예쁜 그릇 세트를 봤는데 하은이 엄마가 생각나더라고."

이곳에 사시는 분도 아니고 여행을 오신 분이다. 나랑 얘기 몇 번

주고받은 것이 다일 뿐인데 어찌 그 그릇 앞에서 내 생각이 났을까. 참 신기하고 감사한 일이다. 사모님과 이야기를 하면서 귀국하기 전에 한 번 더 만나기로 약속을 잡았다. 약속한 커피숍에서 만나자마자 사모님은 내 손을 붙들고 앞에 있는 체리티샵으로 데리고 갔다. 일부러 그곳 근처로 약속장소를 잡으셨던 것이다. 나를 그릇 세트 앞에 세우고 이 그릇이 마음에 드느냐고 물어보신다. 하늘하늘 파란 꽃잎이 그려져 있고 금테가 둘러진 우아하고 고급스러워 보이는 그릇이 정말이지 내 마음에 쏙 들었다.

"하은 엄마, 아이들 데리고 이것저것 살림 장만하기 힘들 텐데 내가 이거 선물로 주고 싶어요."

사모님의 따뜻한 마음이 진심으로 느껴져 사양하지 않고 감사히 받기로 했다. 그렇게 나는 얼떨결에 8인 그릇 세트를 선물로 받았다. 당시 우리는 입국한 지 얼마 되지 않아 한국에서 챙겨온 코펠 하나로 버티고 있는 중이었다. 몇 개의 그릇을 사긴 했지만 턱없이 부족했다. 코펠에 들어 있는 플라스틱 그릇에 밥을 담아 먹다가 유리그릇에 밥을 담아 먹으니 얼마나 맛있는지 모른다. 같은 음식이라도 어떤 그릇에 담느냐에 따라 맛이 이렇게 달라질 수 있다는 것을 처음으로 느꼈다. 이 감사한 선물 덕분에 1년 동안 즐겁게 요리하고 맛있게 음식을 먹을 수 있었다.

어느 날은 교회 목사님이 물으신다.

영국 체리티샵에서 선물로 받은 그릇 세트.

"혹시 티비나 프린터가 필요하신가요?"

최근에 새것으로 바꾸셔서 예전 티비나 프린터가 필요하면 주신다고 하신다. 안 그래도 남편과 며칠 전 영국 문화도 익히고 영어에도 익숙해질 겸 티비를 하나 장만하자고 했던 터이다. 또한 남편 학업으로 인해 프린터도 하나 있으면 좋겠다고 했었다. 이쯤 되니 우리 집에 도청기라도 설치되어 있나 싶을 정도다.

"우와, 신기하네. 우리가 필요한 거 말만 하면 척척 하늘에서 떨어지네."

정말 어쩜 이렇게 주변 사람들을 통해 우리의 필요가 척척 채워지는지 참 신기하고 감사한 일이다. 이곳 리즈에는 천사들만 살고 있나보다.

내게 흘러온 따뜻한 마음을 잊지 않고 다른 사람에게 그대로 흘려보내는 그런 사람이 되어야겠다.

리즈의 한인 커뮤니티

· 리즈한인교회 Hyde Park Methodist Mission Church

주소: 27 Woodsley Rd, Woodhouse, Leeds LS6 1SB

예배시간: 일요일 오후 2시

· 리즈 한글학교

주소: Mooretown Primary, Shadwell Lane, Moortown, Leeds, Ls17 6DR

수업시간: 토요일 오전 10시~오전 12시

8.
비교하지 말자!

영국에 와서 주변을 둘러보니 우리와 비슷한 상황인 사람들을 찾아보기 어려웠다.

1. 전 재산을 가지고
2. 직장을 그만두고
3. 두 아이와 함께
4. 양가 부모님의 지원 없이

우리에게 해당되는 이 네 가지 조건 중에 두 가지를 가진 경우도 흔치 않았다. 가족의 경우에는 직장 지원으로 오신 분들이 대다수였고, 신혼부부나 미혼은 대개 부모님의 지원을 많았다. 우리처럼 석사과정 1년이 끝나면 돌아갈 직장도 없이 빈털터리가 되는 사람은 없었다. 주변을 돌아보면 볼수록 정말 이곳은 우리가 오면 안 되는 곳이었나 하는 생각만이 강하게 들었다. 내 눈에는 다들 올 이유가 있는 사람들처럼 보였다. 그들은 이른바 금수저가 아니라면 뛰어난 능력을 소유하고 있는 사람들이었다.

혼자 머릿속으로 정리해보았다. 영국 유학을 오는 사람들은 경제적 능력 혹은 뛰어난 개인 능력 두 가지 중 적어도 한 가지는 가지고 있는 사람이었다. 그들과 다르게 우리는 그중 어떤 것도 소유하고 있지 않았다. 우리는 지극히 평범했다. 부유하지도 않았고 남들보다 특별히 뛰어난 능력을 가지고 있지도 않았다. 그렇다고 양가 부모님이 지원해줄 수 있는 것도 아니고 돌아갈 직장이 있는 것도 아니었다. 누구 하나 등 떠민 사람 없는데 단지 우리가 원해서 온 길이었다. 이렇게 꼬리에 꼬리를 물고 생각하다 보니 점점 더 내 자신이 초라하게 느껴지기 시작했다.

생각할수록 자존감이 곤두박질했다. 지금껏 잘난 것 하나 없어도 자존감 하나로 살아온 나인데 이렇게 작아지기 시작하니 한없이 우울해졌다. 우울은 더 깊은 우울을 몰고 왔다. 그리고 점점 더 생각이 많아졌다.

나는 왜 똑똑하지 않을까?

나는 왜 부자가 아닐까?

나는 왜 양가 부모님께 지원을 못 받을까?

나중에 우리 아이들도 이런 감정을 느끼면 어떡하지?

한동안 나는 이러한 질문들 속에서 허우적대면서 시간을 보냈다. 생각들이 끊임없이 나를 괴롭혔다. 그렇다고 해서 이런 생각들이 꼭 부정적인 것만은 아니었다. 삶을 살아가는 데 있어서 아무런 질문도 하지 않고 살아가는 것보다 이런 과정들을 통해서 나름의 답을 찾아가는 것이 낫다고 생각한다.

마침내 이러한 생각들은 나의 내면 깊숙이 내려와 바닥을 쳤다. 그렇다. 나는 이제 올라갈 일만 남은 것이다. 스스로 갇혀버린 비교의 웅덩이에서 빠져나오는 것이 내가 해야 할 일이었다. 그들은 그들이고 나는 나다. 철저하게 그들과 나를 분리시키기로 결심했다. 다른 사람과 함께 있는 내가 아니라 있는 그대로의 내 모습을 바라보기로 했다.

괜찮다. 비록 우리 부부가 뛰어난 두뇌와 부를 소유하지는 않았지만 그렇기에 그만큼 더 많이 노력해서 결국에는 이 자리에 오지 않았는가? 이 자리에 있는 건 똑같다. 타고난 능력은 없지만 노력은 할 수 있다. 더 오래 더 많은 노력을 했기에 작은 습관들이 모여 내 삶에 얼마나 큰 결과물을 가져오는지 경험할 수 있었다. 또한 현실과 타협하지 않고 도전하는 법을 배웠다. 실패와 어려움을 두려워하지 않고 도전할 수 있는 실행력이야말로 우리 부부가 갖고 있는 가장 큰 강점이라 생각한다.

우리는 부자가 아니다. 이러한 정의는 자칫 잘못하면 부모님에 대한 원망으로 이어지기 쉬웠다. 사람들마다 결혼의 출발선 자체가 다르다. 어떤 이들은 보장된 보금자리를 가지고 시작하는 반면 어떤 이들은 학자금 대출을 껴안고 시작한다. 출발선 자체가 다르니 아무리 빠른 속력을 낸다 해도 현실적으로 이들을 따라잡기는 어려웠다.

어느 날 유튜브를 보다가 가슴속 깊이 콕 박힌 문장을 만났다.

"30대가 되어서도 가난하다면 그것은 부모 탓이 아니라 본인 탓이다."

정신이 번쩍 들었다. 이 한 문장이 이전에 갖고 있던 나의 생각을 완전하게 전환시키는 계기가 되어주었다. 괜찮다 생각했지만 시댁의 아낌없는 지원을 받는 사람들을 보며 가끔씩은 부러운 마음이 들기도 했다. 나는 솔직하게 내 감정을 자세히 들여다보고 내 마음속에 있던 올무에서 자유로워지기 시작했다. 우리는 어엿하게 독립한 가정이지 않는가. 그동안 왜 양가 부모님의 지원이 당연하다 생각했는지 모르겠다. 부모님에게는 그럴 의무가 없지 않는가. 지금부터 가난한 건 철저하게 우리 탓이다. 생각을 고쳐먹고 나니 의욕이 생겼다. 더 열심히 살아야 할 이유가 생긴 것이다. 내 인생의 모든 것은 오롯이 나의 책임이다.

그렇게 비교의 굴레에서 벗어나 나와 남편은 삶의 매순간을 소중히 여기고 매일같이 주어진 하루를 책임감 있게 대하기 시작했다. 생각의 변화가 내 삶에 큰 변화를 가져다줬다.

\-
리버풀에서 하은이와 하진이.

영국의 비자 종류

· Tier 1(Entrepreneur Visa)

: 일정 투자자금을 가지고 영국에서 사업을 하기 위해 받는 사업비자

· Tier 2(General Work)

: 영국에서 풀타임 근무를 하기 위해 필요한 취업비자

· Tier 4(General Student Visa)

: 만 16세 이상의 학생이 영국 대학 진학을 위한 학생비자

· Tier 5(Charity Worker)

: 영국에서 인정하는 자원봉사단체에서 자원봉사를 하기 위한 비자

· Guardian Visa

: 한 명의 부모와 만 12세 이하 자녀가 동반할 수 있는 비자. 자녀의 사립학교Independent fee-paying day school 스쿨레터를 가지고 입국 가능

· Working Holiday Visa

: 만 18세에서 만 30세까지 2년 동안 영국에 거주하면서 취업, 어학연수 등을 할 수 있는 비자

9.
말도 안 되는 영국 물가

"그 물가 비싼 영국에서 어떻게 살려고?"

영국에 간다고 하니 주변 지인 대다수가 보인 반응이다.

영국 하면 보통 '물가 비싼 나라'로 인식된다. 10년 전만 하더라도 파운드 환율이 약 2,000원이었다. 2016년 이후 파운드 환율이 점차 떨어지면서 현재는 약 1,500원 정도를 유지하고 있다. 그렇기 때문에 같은 파운드 가격이라 할지라도 이전에 비하면 25퍼센트 할인가인 셈이다.

재정적으로 여유롭게 떠난 것이 아니었기에 우리가 가진 자금으로 1년 동안 영국에서 잘 버틸 수 있을지 걱정이었다. 영국에 가면 정말 아끼고 아껴서 살아야겠다고 다짐했다. 한국에서 커피숍 커피를 한 잔 마실 때면 이제 이런 여유도 끝이구나 하면서 새삼 아쉬워했다. 한 번도 영국에 가본 적이 없는 나는 물가 비싼 나라라는 인식 때문에 덜컥 겁부터 났다.

영국에 도착하고 며칠 동안 눈에 띄는 마트는 무조건 들어가서 둘러보았다. 어떤 식재료들을 파는지, 가격은 어느 정도인지 궁금했기 때문이다. 예상과는 다르게 영국의 장바구니 물가는 우리나라에 비해 훨씬 저렴했다.

마트 문화가 발달한 영국에는 다양한 마트들이 있다.

TESCO

Sainsbury's

M&S

ASDA

Waitrose

Morrisons

Iceland

ALDI

마트별로 특화된 상품들이 있고 각기 다른 특징을 보인다. 영국에서 가장 대중적인 마트는 TESCO와 Sainsbury's이다. 거리를 다니다 보면 눈에 가장 많이 띄는 마트이며 상품의 가격과 질이 대체로 무난한 편이다. 고급 마트로는 M&S와 Waitrose가 있다. 이 마트들은 가격은 비싼 편이지만 신선한 고급 식재료들을 판매하기 때문에 소비자 만족도가 가장 높다. 여러 마트들 중에 가격이 가장 저렴하고 가성비 좋은 마트로는 ASDA와 ALDI를 꼽을 수 있다. 이곳에 들어가면 눈이 휘둥그레질 정도로 저렴한 가격표들을 볼 수 있다. 영국의 외식 물가는 비싼 편이지만 마트는 한국에 비해 가격이 저렴하고 영국의 문화나 전통을 느낄 수 있는 곳이기에 영국 여행을 계획하고 있다면 한 번쯤 들러 식재료와 기념품을 구매하기를 추천한다.

우리가 사는 가족기숙사 근처에는 걸어서 갈 수 있는 곳에 ALDI가 있다. 처음 영국에 와서 남편이 학교에 가고 나면 친정엄마와 함께 유모차를 끌고 걸어서 ALDI에 갔다. 우리나라 일반 마트처럼 입구에 카트가 줄지어 있다. 그런데 동전을 넣고 카트를 빼야 하는데 무슨 동전을 넣어야 하는지 도통 모르겠다. 입국한 지 얼마 되지 않았을 때라 영국의 다양한 동전들이 아직 눈에 익지 않았을 때다.

"대체 얼마를 넣어야 하지?"

카트 앞에서 한참을 서성이며 헤맸다. 지나가는 사람에게 물어보니 1파운드를 넣는 거란다.

"카트에 1파운드, 우리나라 돈으로 1,500원을 넣는다고?"

이 나라에서는 동전 한 닢이지만 1,500원이라고 생각하니 꽤 큰 돈이 들어간다는 생각이 들었다. 우여곡절 끝에 카트를 끌고 마트에 들어섰다. 대부분의 영국 마트 입구에는 화사한 꽃들이 진열되어 있다. 이 나라 사람들은 꽃을 참 좋아하나보다.

딸기잼 한 병에 28p, 약 420원이다. 나는 가격표를 보고 깜짝 놀랐다.

"엄마! 이거 딸기잼이 420원이야. 잘못 적어놓은 건가?"

내 눈을 의심했다. 우리나라에서는 딸기잼 한 병에 못해도 5,000원은 하는데 10분의 1 가격이라니. 아무리 다시 봐도 딸기잼 한 병이 28p이다. 너무 저렴한 가격에 이상하다 생각하면서 다른 가격표를 살펴보았다.

시리얼 한 박스 85p(1,300원)

꿀 한 병 1.15파운드(1,720원)

다이제스티브 49p(750원)

마트를 한 바퀴 돌면서 가격표들을 살펴보니 1파운드 넘는 물품을 찾기가 힘들다. 말도 안 되게 저렴한 가격이 의아한 엄마는 아무래도 이 가격이 아닐 것 같다고 하신다.

"회원 가입한 사람만 이 가격이 아닐까?"

겁이 난 엄마와 나는 혹시나 우리한테 물건을 팔지 않을까 싶어 꼭 필요한 것만 카트에 담았다. 계산대에 물건을 올리고 계산을 할 때까지도 정말 이 가격에 살 수 있는 것인가 의심쩍었다. 살짝 긴장하고 있는데 아무 일도 일어나지 않고 가격표에 적힌 가격 그대로

저렴한 영국 마트(ALDI)에서 장보기.

영수증에 찍힌다.

“진짜 이 가격이라고!!”

믿기지가 않았다. 그 물가 비싸다는 영국인데 이렇게 말도 안 되는 가격으로 장을 보다니! 엄마와 나는 물건을 구매하고도 어리둥절했다. 학교에 다녀온 남편에게 신이 나서 재잘재잘 떠들었다. 시내에서 가본 마트와는 달리 가격이 정말 저렴한 마트에 다녀와서 깜짝 놀랐다는 이야기를 하며 다음에 꼭 함께 가보자고 했다.

그렇게 이곳은 1년 동안 우리 가족의 단골 마트가 되었다. 차 없이 생활한 우리가 걸어서 장볼 수 있는 곳에 위치한 유일한 마트여서 접근하기도 좋았다. 나중에 알고 보니 ALDI는 독일계 마트인데 영국 내 마트 중에서도 가격이 가장 저렴하고 가성비 좋은 마트로 익히 유명한 곳이었다. 기본적인 식재료들은 일주일에 한 번씩 ALDI에서 구매를 하고 한국 식재료는 리즈 시내에 위치한 중국 마트에서 구매했다. 또한 시내에 나갈 일이 있을 때는 M&S나 Sainsbury’s에 들러 ALDI에는 없는 물건들을 구매하여 다양한 식재료들을 먹을 수 있었다.

영국은 물가 비싼 나라라는 막연한 인식 때문에 걱정이 앞섰지만 실제로는 한국 물가 대비 말도 안 되게 저렴한 물가 덕분에 1년 동안 장보는 시간이 늘 행복했다. 마트에 가서 일주일 동안 먹을 식량을 담을 때마다 이렇게 담았는데 이 가격이라니 하며 매번 감탄했다. 매일같이 신선한 고기를 종류별로 번갈아 먹으면서 에너지 충전을 하고, 달콤한 디저트를 먹으며 육아로부터 오는 스트레스를 해소했다.

한국에 와서 장을 볼 때마다 비싼 물가에 놀란다. 저렴하고 신선한 식재료가 진열되어 있는 영국의 마트가 그립다.

평범한 어느 날의 장바구니

* GBP 1,500원 기준

롤빵 10개: 0.95파운드(1,420원)
닭다리 1kg: 1.65파운드(2,470원)
양고기: 3.99파운드(6,000원)
비비큐 립: 2.99파운드(4,500원)
스테이크 비프: 3.49파운드(5,230원)
계란 15개: 1.19파운드(1,780원)
아기 치즈: 0.69파운드(1,030원)
생연어: 2.99파운드(4,500원)
버터 캔디: 0.99파운드(1,500원)
참치 1캔: 0.79파운드(1,180원)
칠리소스: 0.75파운드(1,120원)
간장: 0.42파운드(630원)
식용유: 1.09파운드(1,630원)
소시지: 0.99파운드(1,500원)
우유 2리터: 1.09파운드(1,630원)
카푸치노 커피: 0.59파운드(885원)
스프라이트 8캔: 2.99파운드(4,500원)
생수 500ml 12개: 1.49파운드(2,230원)

쵸코칩 쿠키: 0.85파운드(1,270원)
버터 비스킷: 0.75파운드(1,120원)
빼빼로: 0.79파운드(1,180원)
kit Kat 초콜릿: 1.15파운드(1,700원)
벨기안 초콜릿:1.39파운드(2,080원)
다이제스티: 0.49파운드(750원)
딸기 비스킷: 0.65파운드(970원)
로스팅 커피: 1.99파운드(3,000원)
아기 물티슈 1개: 0.49파운드(730원)
아보카도 2개: 1.35파운드(2,020원)
바나나 한 봉지: 0.88파운드(1,320원)
양파 한 봉지: 0.82파운드(1,230원)
호박 3개: 0.95파운드(1,420원)
고구마 한 봉지: 0.95파운드(1,420원)
버섯 한 팩: 0.75파운드(1,120파운드)
쪽파 한 단: 0.53파운드(800원)
마요네즈 0.69파운드(1,030원)
요거트 6개: 1.69파운드(2,500원)

총 49.71파운드(75,000원)

겨울

Winter

1.
해가 뜨기는 하는 걸까?

어느새 창밖으로 보이던 단풍잎이 하나둘 떨어져 바람에 흩날린다. 집 앞의 풍성했던 나무들은 앙상한 가지만 남았다. 아이들과 함께 침대에 누워 파란 하늘과 나무를 보면 참 좋았는데 이제 어두컴컴한 하늘만 보이고 서늘한 공기가 맴돌 뿐이다.

10월 마지막 주 일요일로 서머타임Summer time이 끝났다. 이제부터 한국과는 9시간의 시차가 난다. 아침 9시면 한국은 저녁 6시, 저녁 9시이면 한국은 새벽 6시다. 서머타임이 끝나자 시간이 한 시간 빨라지면서 급격하게 해가 빨리 지기 시작했다. 다섯 시, 네 시, 급기야 오후 세 시 반이 되면 캄캄해졌다. 외출을 해도 오후 네 시가 되면 어둑어둑해져서 집으로 돌아와야만 했다.

출국하기 전 대학원 지도교수님께 안부전화를 드렸더니 이렇게 말씀하셨다.

"그래 잘 다녀와! 몇 달 내내 잘 견디고 나면 여름은 반짝 너무 좋을 거야.”

그때는 무슨 뜻인지 몰랐는데 겨울이 스멀스멀 다가오니 무슨 의미인지 알겠다. 그렇다. 영국에서 겨울은 견뎌내야 하는 것이었다. 영국에서 겨울나기란 보통 일이 아니다. 좀처럼 적응이 되지 않는다. 겨울이 우기인 영국은 낮이라고 해서 해가 떠 있는 날은 손에 꼽는다. 늘 구름에 해가 가려 있고 비가 내리는 날이 많다. 아침에도 여전히 어둡기 때문에 늦잠 자기 일쑤다. 또 바람은 어찌나 세차게 부는지 모른다. 영국사람들은 웬만해선 비가 내려도 우산을 잘 쓰지 않는다고 들었는데 실제로 그렇다. 영국에서 겨울을 보내다 보니 그럴 만도 하다는 생각이 든다. 거센 바람에 우산이 뒤집어지는 일이 다반사이고, 변덕스러운 날씨 때문에 시도 때도 없이 비가 내린다. 대부분의 사람들은 우산 대신 모자가 달린 방수재질의 패딩점퍼를 입고 다닌다. 신기하게도 아이들도 우산을 쓰지 않고 모자를 눌러쓴 채 잘 걷는다. 한국에서 우산 없이 걸으면 처량하게 바라보는 눈길이 느껴지는데 이곳에서는 평범한 일상이다.

영국의 겨울 기온은 한국과 비교해 낮은 편이 아니다. 보통은 4도에서 10도 사이에 머문다. 내가 있는 1년 동안 1월에 딱 한 번 기온이 영하로 내려갔고 눈도 딱 한 번 내렸다. 기온이 그렇게 낮지는 않았지만 습도가 높고 일조량이 짧아 체감온도는 한국에 비해 더 낮게 느껴진다. 더구나 난방시설이 한국에 비해 좋지 않아 실내에서조차

-
영국의 겨울은 오후 3시면 어둑해진다.

으슬으슬 한기가 느껴진다. 우리나라처럼 바닥을 데우는 것이 아니라 라디에이터로 공기를 데우는 방식이기 때문에 실내에서도 온기를 느끼기 힘들다.

겨울이 찾아오고 기온이 떨어지면서 갑자기 손목과 발목이 얼음장처럼 차가워지고 시려왔다. 우리나라의 차가운 칼바람과 다르게 뼛속까지 시린 추위다. 주변 지인으로부터 영국에서 겨울을 나면서 동상에 걸렸다는 이야기도 종종 들었다. 다행히도 우리에게는 한국에서 공수해온 전기장판과 따수미 텐트가 있었다. 천장이나 창문 사이로 스며들어 오는 찬 기운을 이 따수미 텐트 하나로 다 막아낼 수 있었다. 겨울 내내 우리 네 식구는 텐트 안에서 찰떡같이 함께 붙어 자면서 따뜻한 겨울을 보낼 수 있었다.

이 길고 어두컴컴한 겨울을 어떻게 잘 보낼 수 있을 것인가?

다행히도 자칫하면 우울감에 빠져 허우적거리기 쉬운 겨울에 활기를 불어넣는 몇 가지 이벤트들이 있다. 11월 5일은 가이폭스데이Guy Fawkes Day로 영국 전역에서 불꽃놀이가 진행된다. 기념일 당일에는 지역명소에서 성대한 불꽃놀이를 하며, 기념일 전후로도 약 한 달 동안 이곳저곳에서 요란한 소리를 내면서 끊임없이 불꽃놀이를 한다. 마트에서는 각종 불꽃놀이 제품들을 판매하고, 12세 이상이면 누구나 구매할 수 있다. 탕탕 소리가 날 때마다 창밖을 통해 불꽃놀이를 보는 재미가 쏠쏠하다. 밤마다 울려 퍼지는 불꽃 터지는 소리를 들으며 매일이 축제처럼 느껴졌다.

영국에서 가장 의미 있는 날은 단연 크리스마스다. 11월이 시작되면 거리마다 크리스마스 분위기가 가득하다. 시내에는 반짝이는 크리스마스 마켓이 열리고, 레스토랑에서도 각종 이벤트를 연다. 크리스마스 전통음식을 맛보기도 하고 서로 선물을 주고받으며 유럽식 크리스마스를 한껏 느낄 수 있다.

어떤 이들은 시끌벅적한 크리스마스가 지나고 나면 고요해진 거리가 더 쓸쓸하게 느껴진다고 하지만 크리스마스가 지나고 나면 빅 이벤트가 준비되어 있다. 그것은 바로 크리스마스 다음 날인 26일 복싱데이Boxing day다. 대부분의 상점들이 50퍼센트 이상 대규모 할인판매를 진행한다. 이 행사는 물건이 소진될 때까지, 보통은 1월 중순까지 유지된다. 평소에 갖고 싶었던 아이템들을 저렴한 가격에 구매할 수 있는 절호의 기회이기 때문에 쇼핑을 좋아하는 사람들은 손꼽아 복싱데이를 기다린다.

이렇게 11월부터 펼쳐지는 이벤트들을 즐기다 보면 일몰시각이 야금야금 길어진다. 동지가 지나고 1분씩 늦게 지는 해를 보는 재미도 있다. 하늘이 무너져도 쏟아날 구멍은 있는 법이다.

그렇게 나는 영국에서의 첫 겨울을 무사히 보낼 수 있었다.

영국의 겨울 날씨

· 대부분 영상 기온을 유지하는 편으로 우리나라 겨울보다 높은 기온을 유지한다.
· 비가 내리는 날이 한 달에 보름 이상을 차지한다.
· 바람이 세게 불어 우산을 사용할 때 뒤집어지는 경우가 종종 있다.
· 일몰시각은 오후 3시 30분이다.

겨울철 영국 여행 옷차림 팁

· 방수재질의 모자 달린 외투
· 작고 가벼운 비상용 우산 지참
· 우비, 신발 방수커버, 유모차 레인커버 준비

2.
나의 리즈 시절

우리가 1년간 머문 리즈Leeds는 잉글랜드 웨스트요크셔 지방에 있는 도시다. 18세기 양모산업의 발달과 리버풀까지 연결된 운하로 수출무역의 큰 역할을 담당했던 곳이다. 남편의 학교가 리즈대학교로 정해지고 나서 리즈라는 이름이 이미 익숙한 단어라는 것을 깨달았다.

"리즈? 리즈 시절의 리즈야?"

남편에게 물었다. 한국에서 사람들과 대화를 나누며 누군가의 전성기에 대해 말할 때 '리즈 시절'이라는 단어를 종종 사용하기 때문이다. 남편도 의아했는지 찾아보더니 신기한 듯 내게 말했다.

"정말 리즈 시절의 리즈가 맞네."

축구의 나라로 익히 알려진 영국에는 각 도시마다 대표 축구팀이 있다. 리즈의 축구팀인 리즈 유나이티드Leeds United Football Club가 그중 하나다. 리즈 유나이티드 시절 최고의 전성기를 누렸던 앨런 스미스

선수가 맨체스터 유나이티드로 이적한 뒤 리즈 시절만큼의 성적을 내지 못했다.

"앨런 스미스가 리즈 시절엔 정말 대단했지."

축구팬들이 앨런 스미스의 리즈 시절을 회상하면서 사용하던 '리즈 시절'이라는 단어가 전성기라는 뜻으로 자리 잡히게 된 것이다. 리즈 시절이라는 단어를 어원을 모른 채 사용하고 있었는데 그 발생지인 리즈로 가는 것이었다. 새삼 낯설게만 느껴졌던 영국의 어느 한 도시가 조금은 친근하게 다가왔다.

영국에 대해 무지했던 나에게는 이름조차 처음 들어본 생소한 도시지만 리즈는 영국에서 인구가 세 번째로 많은 나름 큰 도시다. 요크셔 지방의 최대 규모이자 쇼핑 도시라는 명성을 갖고 있는 도시로 시내에 가면 줄지어 있는 상점과 대형 쇼핑몰을 볼 수 있다. 런던만큼 대도시는 아니지만 갖추어야 할 인프라는 충분했고, 지방이라는 이유로 상대적으로 저렴한 각종 렌트비로 우리에게는 만족스러운 곳이었다. 영국 곳곳의 도시에서 살아본 지인도 그중 리즈가 살기에 가장 좋은 곳이라고 말할 정도로 리즈에 사는 사람들의 만족도는 높았다.

리즈에서 런던까지는 고속기차로 두 시간 반 정도 소요된다. 영국의 경주라고 불리는 역사 도시 요크는 30분 거리에 있다. 잉글랜드 북부에 위치한 리즈는 스코틀랜드로의 접근성도 용이했다. 딱 중간

리즈 시내 거리

리즈 시청사.

지점에 있기 때문에 영국 전역을 여행하기에 더할 나위 없이 좋은 위치다. 또한 리즈 브래드퍼드 국제공항Leeds Bradford International Airport이 있기 때문에 유럽의 저가항공을 이용해 유럽여행을 하기도 편리하다.

리즈에 머물면서 런던으로 여행을 두 번 다녀왔다. 대도시만의 매력이 넘쳐났던 런던도 좋았지만 거주지로는 리즈가 더할 나위 좋았다. 짧은 기간 영국으로 여행 오는 사람들은 보통 런던이나 런던 근교만 머물다 돌아가는 편이다. 하지만 1년 동안 영국에 살면서 느끼는 것은 영국은 도시보다 시골의 꾸밈없는 자연 그대로의 풍경이 더 매력적으로 다가온다는 것이다. 도시에서 조금만 벗어나면 곧바로 눈앞에 초록의 잔디밭이 펼쳐지고 유유자적 풀을 뜯고 있는 양떼를 만나볼 수 있다. 영국 하면 가장 먼저 떠오르는 장면이다. 우연히 발길이 닿는 마을들은 하나같이 평화로움을 느낄 수 있었다.

영국에서 20년 이상을 살아오신 분이 말씀하셨다.

"기차를 타고 아무 곳에나 내려서 발길 닿는 마을에 무작정 가보는 거야. 그런 여행이 최고 좋은 여행이야."

그렇듯 영국의 시골마을은 유명한 관광지보다도 풍경이 훌륭했다. 전통을 중시하는 영국에는 100년이 넘은 집들이 많다. 오랜 전통을 가진 하우스들이 즐비하게 서 있는 영국 마을은 그 자체로 마치 박물관에 온 것 같은 느낌을 준다. 있는 그대로 보존된 자연을 보고 있노라면 나도 모르게 자연에 대한 감사와 신비로움을 느끼게 된다.

리즈는 관광도시가 아니라서 영국 여행을 오는 사람이 일부러 찾아오는 곳은 아니다. 그럼에도 이 도시를 잠시 스쳐지나가는 사람이 있다면 시내 거리를 거닐며 갤러리와 박물관을 한 바퀴 둘러보고 리즈독Leeds Dock 앞에 있는 왕립 무기고 박물관도 방문해보기를 추천한다. 리즈독 앞의 노란 수상택시를 타면 리버에르 강물을 따라 리즈라는 도시의 분위기를 색다르게 느껴볼 수도 있다. 또한 리즈 시내에 있는 재래시장Kirkgate Market은 유럽에서 가장 큰 실내마켓Covered Market으로 200년 전통을 갖고 있다. 이곳의 특별한 점은 영국의 대표 마트인 막스앤스펜서M&S의 기원이 이곳 리즈의 재래시장으로부터 시작됐다는 것이다. 이렇듯 리즈는 특별한 관광지는 아니지만 소소하게 돌아볼 곳이 꽤 있다.

시내는 쇼핑몰로 넘쳐나지만 차로 10분만 근교로 나가면 유유자

리즈 시내에 위치한 재래시장(Kirkgate Market).

리버에르에서 수상택시 타기.

적 풀을 뜯고 있는 양들을 원 없이 볼 수 있는 그런 매력적인 도시다. 지나고 보니 리즈는 1년 동안 우리 가족이 머물기에 부족함 없이 모든 것이 차고 넘치는 곳이었다.

그립다. 나의 리즈 시절.

3.
내가 제일 먼저 병원에 갈 줄이야

1년 동안 영국에서 살기로 결심하고 제일 마음에 걸렸던 부분은 아이들의 건강이다. 태어난 지 7개월밖에 안 된 하진이와 아직도 어린아이인 34개월 하은이. 아이들이 아프면 어쩌지. 마음 한곳에 늘 이런 불안감이 있었다. 이곳에서는 급하게 도움을 요청할 사람도 없고, 영국의 병원 시스템도 잘 모른다. 게다가 증상을 유창하게 영어로 설명할 자신도 없다. 낯설기만 한 이 나라 사람들은 막연히 나와 다를 것 같다는 알 수 없는 두려움이 있었다. 우리 부부의 선택으로 이곳까지 왔는데 만약 이곳에서 아이들이 아프기라도 하면 그때는 정말 이 선택을 후회할 수도 있다는 생각이 들었다.

영국 병원에 대한 평으로 이런 말이 있다.

"병원에서 기다리다 죽거나 자연치유된다."

이곳에서는 우리나라처럼 신속하고 재빠르게 치료를 받을 수 있을 거라는 기대를 버려야 한다는 얘기를 수없이 들었다. 아이가 열

이 40도까지 올라서 병원에 가면,

"아이가 피똥 싸니?"

"아니."

그럼 웃으면서 "Lovely" 하고 그냥 돌려보낸다는 얘기도 들었다.

한국에서는 하은이가 열이 37.5도만 넘어도 들쳐업고 소아과에 들락날락했기에 이런 이야기를 들으면 덜컥 겁부터 났다. 더군다나 하은이는 작년 초가을부터 겨울까지 약 6개월 동안 기침을 달고 살았다. 소아과에서 진단하기로는 소아 천식이라고 했다. 외국은 우리나라와 달리 카펫 생활을 하니 없던 비염도 생긴다는 소리를 종종 들었기 때문에 이 부분도 상당히 걱정이 되었다. 제발 1년 동안 우리 아이들만 건강하기를 기도했다.

찬바람이 쌩쌩 불어오는 어느 겨울날이었다. 갑자기 온몸이 부서질 것처럼 아프고 뼛속까지 시리는 오한이 찾아왔다. 뭔가 이상하다 싶더니 왼쪽 가슴에는 단단한 멍울이 만져졌다. 하은이와 하진이 두 아이를 모유수유하면서 젖몸살은 몇 번 경험해보았지만 이렇게 아팠던 적은 한 번도 없었다. 도저히 몸을 움직일 수 없어 남편한테 아이들을 맡기고 하루 종일 침대에만 붙어 있었다. 한국에서라면 당장 출장 마사지를 부르거나 산부인과에 가서 약을 처방받으면 될 일이었다. 하지만 이곳에서는 누워 있는 것 말고는 달리 할 게 없었다. 아픈 몸으로 축 처져 누워만 있으니 서럽기도 하고 처량하기도 하다. 생각이 꼬리에 꼬리를 물고 흘러갔다.

“혹시 유방암이라도 걸린 것 아닐까?”

결국 꼬리를 문 생각은 최악의 상황까지 갔다. 남편의 성화에 못 이겨 익히 들어 전혀 믿음직스럽지 않은 GPGeneral Practitioner에 가보기로 했다. 세상에 내가 제일 먼저 병원에 가다니! 아이들 걱정만 했지 내가 아플 줄은 상상도 하지 못했다. 집을 나서기 전에 열심히 구글 번역기를 돌려서 최대한 나의 상태에 대해 자세히 영작을 했다.

“나는 현재 8개월 아기를 모유수유 중이고 내 생각엔 유선염이 의심된다. 블라블라~”

예약된 시간에 맞춰 아이들을 데리고 온 가족이 함께 GP에 갔다. 영국은 우리나라처럼 내과, 산부인과, 외과, 이비인후과 등 증상에 따라 병원을 골라 가는 시스템이 아니다. 아프면 일단 등록되어 있는 동네 GP로 가야 한다. 그렇기 때문에 이곳에 있는 의사는 내 병증의 전문가가 아닐 수도 있다.

이름이 불리고 진료실에 들어갔다. 미리 적어둔 증상을 의사에게 보여줬다. 침대에 누워보라고 하더니 간단히 검사를 했다. 외관상 새내기처럼 보이는 의사는 나와 같은 증상의 환자를 처음 보는 것 같았다. 이내 곧 노트북 앞에 앉아 구글에 유선염을 검색해보고 이것저것 의학용어를 찾아보는 것이 보였다. 뭔가 불안하다. 이 의사 대체 이런 환자를 본 적이 있는 건가 싶을 정도로 의심쩍었다. 정말

BURLEY PARK MEDICAL CENTRE

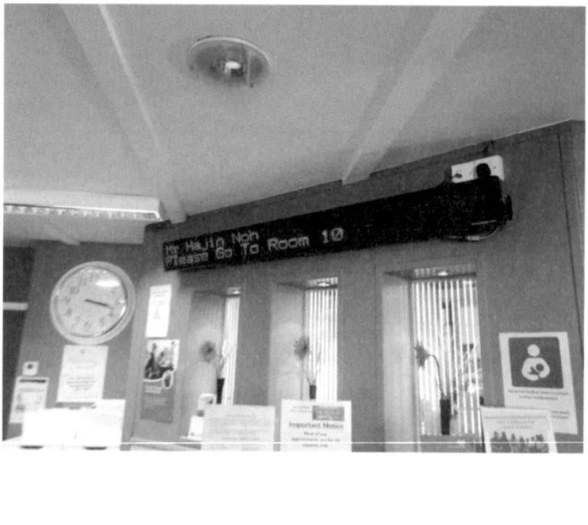
Mr Hajin Noh
Please Go To Room 10
Important Notice

-
우리 가족이 다니던 GP.

검사가 필요할 것 같다며 리즈 시내에 있는 종합병원으로 가라고 하더니 소견서를 써주겠다고 한다. 바로 종합병원에 전화를 걸어 예약 시간을 잡아주고 지금 당장 가야 한다고 말했다.

예상치 않게 일이 커지고 있다. 겁이 나 병원 밖으로 나와서 남편한테 일단 집으로 가자고 했다. 외국은 병원비가 어마무시하게 비싸다는 얘기를 많이 들었는데 지금 종합병원에 가면 왠지 모르게 덤터기를 쓸 것만 같았다. 초음파, MRI 등 이런 검사를 다 하다가는 몇백만 원도 우습게 나올 수 있다는 생각이 들었다.

"병원에 가지 말자. 괜찮아. 그냥 유선염일 것 같아."

남편과 함께 병원에 가지 않고 곧바로 집으로 향했다. 이곳 상황을 잘 모르는 우리는 불안한 마음에 여기저기 영국에서 만난 지인들에게 연락해서 자초지종을 설명하고 조언을 구했다. 그러자 영국 사정을 잘 아는 동생이 말했다.

"언니, 병원에서 하는 검사는 모두 무료예요. 걱정 말고 다녀오세요."

"무료라고?"

깜짝 놀라서 나도 모르게 되물었다.

알고 보니 영국으로 유학 올 때 1년간 의료보험비를 내면 병원에서 하는 모든 것이 무료라고 한다. 영국의 의료 시스템은 국민보건서비스 NHSNational Health Service이다. 우리나라와는 다르지만 장단점이 분명한 의료제도이며 특히 영국에 거주하는 외국인의 입장에서는 만족스러운 제도라고 생각된다. NHS는 정부자금 지원을 받아 운영되는 의료 서비스로서 누구든지 등록(일정 금액 부과)을 하면 차별받지 않고 검사와 치료가 필요할 경우 동등하게 무료로 검사 및 치료를 받을 수 있다.

우리는 모든 검사가 무료라는 소리를 듣고 리즈 시내에 있는 종합병원으로 향했다. 우리나라로 치면 서울에 있는 큰 대학병원과 같았다. 건물이 몇 채 있고 여러 개의 부서로 세분화되어 있었다. GP 담당의사가 미리 예약해둔 부인과로 갔다. 30분 정도 대기하니 내 이름을 불렀다. 나는 생각보다 너무 빠른 영국의 의료 시스템에 놀랐다. 우리나라에서도 대학병원에서 진료를 받으려면 몇 달 전부터 예약을 하지 않는가. 부인과 전공 여의사가 들어와서 검진을 했다. 자신이 판단하기에는 큰 문제는 없어 보이지만 유방암일 확률을 배제할 수 없어 확실히 검사를 하는 것이 좋겠다고 말했다. 다음 주 수요일로 정밀초음파검사를 예약해준다고 한다. 또한 검사할 때 한국인 통역사가 동행한다고 했다.

그렇게 초음파검사 예약을 하고 집으로 왔다. 하루 만에 GP와 종합병원에 다녀오고 다음 주 예약도 잡았다. 다행히 일주일이 지나기 전에 만져지던 멍울이 말끔히 사라져 초음파를 받으러 가지는 않았다. 확실하지 않지만 예상대로 유선염이었을 것 같다.

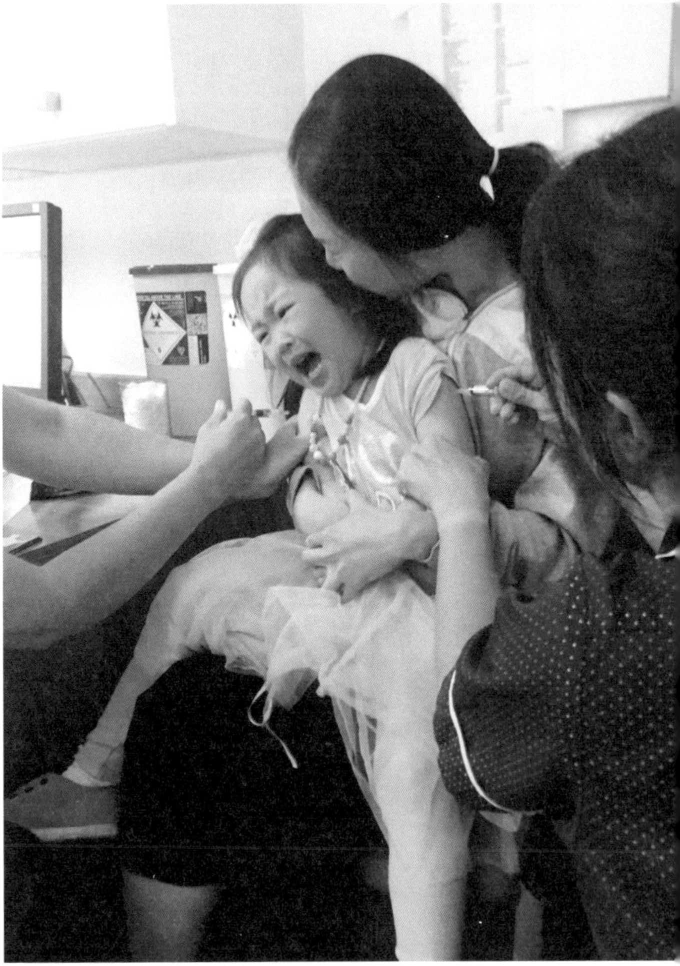

-
하은이의 예방접종.

내가 직접 경험한 영국의 의료 서비스는 소문으로만 듣던 것과는 사뭇 달랐다. 역시 듣는 것과 직접 경험해보는 것은 온도차가 있다. 모든 일이 처음이라 불안한 마음은 자연스러운 일이지만 미리 겁먹을 필요는 없다. 나는 오래 대기하지 않았고, 비용을 지출하지도 않았으며, 아주 신속하게 필요한 서비스를 제공받았다. 한국인이 몇 명 살지 않는 이곳에서 외국인을 위한 무료 통역 서비스가 있다니 정말 감동이었다. 나에게는 너무나도 만족스러운 영국 병원 첫 방문이다. 그럼에도 앞으로 GP 갈 일은 없으면 좋겠다. 우리 가족 모두 건강하자!

GP 예방접종

1. 한국에서 영문 예방접종증명서 발급
2. 등록한 GP에 영문 예방접종증명서 제출
3. 영국에서 거주하면서 필수 예방접종
4. 귀국 전 GP에서 예방접종증명서 발급
5. 한국 보건소에서 영국에서 접종한 예방접종 리스트 업데이트

4.
한 달 생활비는 얼마나 들까?

물가 비싼 나라로 인식되는 영국에서 1년 살기를 한다고 하니 주변 사람들은 이것이 제일 궁금한 모양이다.

"영국에서 한 달 생활비가 얼마 정도 들어?"

현실적으로 자금이 얼마쯤 있어야 영국에서 살 수 있는지 구체적인 대답을 듣고 싶어 했다. 타국살이라는 것이 1년 동안 수입 없이 오롯이 모아놓은 자금에서 살아야 하니 도전하기에 부담스러운 일이기 때문이다.

넉넉한 자금을 갖고 출발한 것이 아닌 우리 부부는 막상 영국으로 떠나려고 하니 경제적인 부분에서 가장 우려되었다. 또한 현지 사정을 자세히 알려줄 지인이 없어 자금 계획을 세우기도 어려웠다. 그럼에도 처음부터 이 모든 일은 우리에게 예상 가능한 도전이 아니었기에 일단 GO! 그렇게 나의 안전지대 한국을 떠나 영국으로 왔다.

이게 웬걸. 생각보다 저렴하다.

왜 이렇게 겁을 먹었을까 싶을 정도로 장바구니 물가는 저렴했다. 저렴한 장바구니 물가 덕분에 한국에서보다 더 푸짐하게 장을 보았다. 일주일에 장을 한 번 보면 보통 60파운드(약 9만 원)을 넘지 않았다. 돼지고기, 닭고기, 소고기, 양고기를 종류별로 담고, 과일, 채소, 아이들 간식거리를 기본으로 담아도 우리나라에 비하면 훨씬 적은 지출이었다. 하지만 외식을 하는 횟수는 한국에서보다 현저하게 줄었다. 아니 줄었다고 표현할 수도 없을 만큼 외식을 거의 하지 않았다. 여행을 하지 않는 이상 대부분 집에서 하루 세 끼 식사를 해결했다. 장바구니 물가에 비해 외식 물가가 압도적으로 비싸기 때문에 지출을 줄이기 위해서 의식적으로 집에서 요리를 해먹기 시작한 것이다.

영국에서 4인 가족 한 달 생활비는?(GBP 1,500원 기준)

집 렌트: 650파운드(975,000원)

전기, 가스: 90파운드(135,000원)

수도: 37파운드(55,500원)

핸드폰: 15파운드(22,500원)

인터넷: 27파운드(40,500원)

교통: 70파운드(105,000원)

식재료: 320파운드(480,000원)

외식: 50파운드(75,000원)

생활용품: 50파운드(75,000원)

기타: 50파운드(75,000원)

합계: 1,359파운드(2,038,500원)

여행이나 특별한 이벤트를 제외하고 우리 가족이 고정적으로 지출한 한 달 생활비는 200만 원 정도다. 우리는 비용을 최소화하려고 노력하는 편이어서 영국에 거주하는 다른 가족들보다는 적게 썼다. 일단 런던이 아닌 영국 중소도시인 리즈에 거주하기 때문에 다른 대도시보다 집 렌트비가 저렴하다. 더구나 학교 가족기숙사였기 때문에 여기서 더 절약할 수 있었다. 또한 차를 사지 않고 생활했기 때문에 자동차 구매 비용, 유류비, 보험료에서도 아낄 수 있었다.

우리나라보다 저렴한 것 중 하나는 핸드폰 요금이다. 영국의 대표 통신사로는 Tress, O2, EE 등이 있다. 우리 부부는 대표 통신사는 아니지만 우리나라로 치면 알뜰통신사처럼 저렴한 요금제를 사용할 수 있는 레바라Lebara를 이용했다. 레바라에서 한 달에 데이터 4기가, 국내통화 무제한, 국제통화 100분 요금제를 사용하여 10파운드(15,000원)를 지불했다. 아무리 보이스톡으로 대체할 수 있다고 해도 가끔씩 국제전화 사용할 일이 있는 우리에게 국제전화까지 포함해서 15,000원이면 정말 저렴한 가격이다.

수도세는 우리나라에 비해 비싼 편이다. 그래서인지 영국사람들은 물을 아껴 쓴다. 첫 달의 수도세가 75파운드(112,500원)가 나와서 적잖이 당황했다. 심지어 첫 달을 기준으로 1년 동안 정액제 요금이 측정된다고 하니 더 당황스러웠다. 한 달에 수도세가 12만 원이라니! 정말 기가 찰 노릇이었다. 다행히 근거를 제시하며 내 요구를 주장하면 대부분 수용해준다. 남편이 찾아낸 한 달 사용량 미터기를 찍어서 보내주었더니 요금을 37파운드(55,500원)으로 다시 측정해 주었다. 휴~ 정말 다행이다. 하마터면 마음껏 씻지도 못할 뻔했다. 가스비와 전기세 또한 비싸다는 얘기를 많이 들었는데 1년 평균을 보자면 영국에서 대부분은 여름에 에어컨을 쓰지 않기 때문에 비싼 편이 결코 아니었다.

확실히 우리나라보다 영국이 비싸다고 생각되는 것은 교통비와 입장료다. 시내버스 요금이 2.5파운드(3,750원)다. 거리에 따라 할증 요금이 붙기도 하고, 어플을 사용하지 않고 현금을 내면 더 비싼 요금을 지불한다. 영국은 나라에서 운영하는 박물관이나 공원은 입장료가 대부분 무료이다. 하지만 그 외에 내셔널 트러스트National Trust와 헤리티지Heritage 입장료는 꽤 비싼 편이라 장기간 거주하며 여행을 할 계획이라면 멤버십에 가입하는 편이 좋다. 영국의 외식 물가가 비싸다는 인식이 있지만 한국도 만만치 않기 때문에 딱히 더 비싸다는 느낌은 받지 못했다. 다만 한국은 분식, 국수집, 김밥집 등 저렴하게 먹을 수 있는 음식점이 있어 선택의 폭이 넓은 반면 영국은 대부분의 음식이 평균 이상의 가격으로 측정되어 저렴하게 외식을 하기 어렵다.

결론적으로 초기에 정착하는 비용을 제외하고 고정적으로 드는 비용은 한국과 별반 차이가 나지 않았다. 사실상 장바구니 물가가 저렴하니 절약하려고 마음먹으면 한국보다 더 아껴 살 수 있는 구조이다.

경험해보지 못해 덜컥 겁이 났지만 막상 와보니 이곳도 사람 사는 곳이라 살 만하더라.

수도세 신청

· 민간기업 운영

· 정액제 또는 미터제 선택

· 집의 크기와 인원수에 따라 가격 측정 또는 미터기에 따라 가격 측정

· 1년 후 환불 또는 추가비용 지불

가스, 전기 신청

· 민간기업 운영 British Gas, Lgloo Energe, Bulb, EDF Energy, Npower 등

· 보통 분기별로 요금 청구

· 스마트 미터기를 신청할 수 있음

· 가격비교 사이트: www.moneysupermarket.com
www.uswitch.com
www.gocompare.com

5.
영국의 크리스마스

영국의 겨울 하면 제일 먼저 떠오르는 것은 단연 크리스마스다. 유럽의 크리스마스는 왠지 모르게 더 로맨틱하게 다가온다. 10월 말 서머타임이 끝나고 나면 본격적인 크리스마스 시즌이 시작되는 것과 다름없다. 거리마다 크리스마스 장식들이 넘쳐나고, 레스토랑에는 크리스마스 메뉴가 생겨난다. 마트에는 크리스마스 물품과 카드들이 진열된다. 길거리를 다니다 보면 크리스마스 점퍼를 입은 사람들을 심심치 않게 발견할 수 있다. 영국에서 점퍼는 우리나라와 달리 스웨터나 맨투맨티를 말한다.

더욱이 신기한 광경은 리즈 시내에 생겨나는 크리스마스 마켓이다. 분명히 지난주까지는 휑하니 비어 있는 광장이었는데 11월 중순이 되니 화려한 크리스마스 마켓으로 변해 있다. 크리스마스 마켓은 반짝이는 불빛과 장식들로 가득하다. 대체 이 큰 놀이기구들을 어디서 옮겨왔을까 싶을 정도로 화려하고 다양한 기구들이 설치된다. 크리스마스 마켓 안에 서 있으니 마치 동화 속 마을에 들어온 것 같다. 가장 화려한 장식들로 꾸며진 회전목마를 하은이와 함께 탔다. 천천히 돌아가는 우리나라 회전목마와는 달리 어찌나 빙글빙글 세게 도는지 모른다.

줄지어 있는 부스에서는 크리스마스와 관련된 물건들을 판매한다. 대부분 직접 만든 제품들로 크리스마스 관련 기념품, 크리스마스트리 장식품, 리스Wreath, 머그컵 등으로 구성되어 있다. 이런 아기자기한 소품들은 꼭 무얼 사지 않아도 바라보는 것만으로도 눈이 즐겁다.

크리스마스 마켓에서 사람들로 가장 붐비는 부스는 아무래도 먹을거리가 있는 곳이다. 가장 인기 있는 음식은 독일 소시지. 크리스마스 마켓에 들른다면 누구나 하나씩 사먹을 법한 음식이다. 제법 통통하고 기다란 독일 소시지가 들어간 따뜻한 핫도그를 하나 먹으면 금세 배가 불러와 추위를 녹여준다. 작은 무대 위에서 크리스마스 재즈 연주를 하는 두 남자를 보면서 디저트로 누텔라가 듬뿍 발라진 달콤한 크레페를 먹었다. 크리스마스 마켓에서 음악을 들으며 반짝이는 불빛을 바라보고 있노라면 크리스마스 분위기에 흠뻑 취하지 않을 수 없다.

이렇듯 영국의 각 도시마다 크리스마스 마켓이 열린다고 한다. 비슷하면서도 도시마다 각기 다른 특색을 가지고 있어 각 도시를 돌며 크리스마스 마켓 구경을 하는 재미도 쏠쏠하다. 한번은 크리스마스 시즌에 런던에 방문한 적이 있는데 하이드 파크Hyde Park에서 열린 윈터원더랜드Winter Wonderland는 상상을 초월한 대규모 놀이동산이었다. 이렇듯 겨울이 오면 영국의 전역은 크리스마스 마켓으로 들썩인다.

우리나라는 설과 추석이 있듯이 영국에서는 크리스마스가 가장 큰 명절이다. 우리나라도 명절에 그렇듯이 영국은 크리스마스 기간에 가족들과 함께 보낸다.

"크리스마스 때 뭐하지?"

우리는 여느 때와 같이 크리스마스를 특별하게 보낼 방법을 생각했다. 하지만 크리스마스 당일에는 기차와 버스 등 대중교통도 운행하지 않는 영국에서는 할 필요가 없는 고민이었다. 차가 없는 우리는 이용할 수 있는 대중교통도 없거니와 심지어 거리에 문을 연 상점을 찾아보기도 힘들다. 어디를 가고 싶어도 갈 수 없어 꼼짝 없이 집에 있어야 했다. 마트와 쇼핑몰 또한 문을 열지 않기 때문에 사람들은 크리스마스 며칠 전부터 크리스마스 기간 동안 먹을 음식들을 한가득 사서 집에 보관한다. 이렇듯 대부분의 사람들은 미리 사놓은 식재료들로 크리스마스 전통음식을 요리하여 가족과 함께 먹으며 집에서 시간을 보낸다. 모든 것이 멈춰버린 영국의 크리스마스는 약간의 불편함은 있지만 버스 기사, 상점 직원 등 너나없이 모두가

크리스마스 시즌의 화려한 런던 거리.

가족과 함께 따뜻한 크리스마스를 보낼 수 있다는 것이 더 합당하게 느껴졌다.

우리 가족은 네 식구 외에는 없으니 집에서 크리스마스 파티를 열기로 했다. 마트에 가서 장을 봐온 닭고기를 오븐에 굽고 연어를 잘라 난생처음 연어초밥을 만들었다. 보통 영국에서 크리스마스에는 칠면조를 많이 먹지만 우리 네 식구가 먹기엔 칠면조는 양이 너무 많았다. 하루 종일 집에서 영화를 보고 요리를 해서 함께 먹고 고요하지만 편안하게 시간을 보냈다.

크리스마스 다음 날에는 감사하게도 영국에서 만난 지인의 집으로 크리스마스 파티 초대를 받았다. 덕분에 전통적인 영국식 크리스마스 파티를 즐길 수 있었다. 초대받은 영국의 2층 가정집은 크리스마스 장식들로 반짝반짝 빛이 났다. 크리스마스 재즈가 흘러나왔고, 초대받은 사람들은 멋스럽게 파티 복장으로 차려입고 왔다. 테이블에는 영국사람들이 크리스마스 때 먹는 디저트인 민스파이, 진저브레드맨, 푸딩과 와인으로 가득했다.

저녁은 영국 가정식으로 준비해주셨다. 칠면조와 로스팅된 각종 채소, 스프라우트(작은 양배추), 구운 연어 등 50명이 왔어도 거뜬히 먹을 만한 푸짐한 양이었다. 저녁을 함께하면서 게임으로 크리스마스 크래커Christmas cracker를 했다. 크리스마스 시즌이 되면 마트에 크래커가 진열되어 있는 것을 쉽게 볼 수 있다. 볼 때마다 이건 뭘까

\-
리즈 쇼핑몰 안의 크리스마스 트리 앞에서
가족사진을.

하고 남편과 늘 궁금해했는데 이날을 통해 어떤 용도로 쓰이는지 알게 되었다. 서로 둥글게 모여 앉아 양 옆에 앉은 사람과 크래커를 양손으로 교차해서 잡은 뒤 세게 잡아당겨서 터트린다. 크래커 안에는 왕관과 함께 질문이나 농담이 적힌 작은 종이가 나오고, 간혹 작은 선물도 들어 있다. 다함께 크래커에서 나온 질문이나 농담을 주고받기도 하고, 크래커에서 나온 왕관을 쓰고 밥을 먹었다. 난생처음 해보는 게임이라 그저 신기하고 재미있게 느껴졌다.

저녁식사가 끝난 후에는 함께 크리스마스 트리 위에 장식된 촛불에 불을 켰다. 아이들과 어른들 모두 편안하게 둥글게 둘러앉아 함께 캐럴을 불렀다. 한 곡이 끝나면 다른 누군가가 한 소절을 시작하고 그렇게 오랫동안 예수님의 탄생을 기뻐하며 한목소리로 캐럴을 불렀다. 초대해준 이 영국 가족은 12월이 시작된 후 매일같이 이렇게 온 가족이 모여 캐럴을 부르면서 크리스마스를 기다렸다고 한다. 이 시간이 참 따뜻하게 기억된다. 헤어지기 전에는 각자 미리 준비해온 선물을 주고받으며 행복한 시간을 보냈다.

영국에서의 첫 크리스마스는 내 인생에서 가장 인상적이고 뜻깊은 크리스마스로 기억될 것이다. 다양한 문화체험과 새로운 경험을 통해서 영국사람들의 크리스마스를 함께 즐길 수 있어 좋았다. 항상 루틴하게 생활하는 삶 속에서 이렇게 태어나서 처음 해보는 경험은 참 즐거운 일이다.

6.
테네리페로 떠나다

테네리페Tenerife는 스페인 카나리아 제도에서 가장 큰 섬이다. 우리나라에서는 2018년도에 방영된 〈윤식당〉이라는 예능프로그램으로 유명해진 곳이다. 크리스마스가 지나고 고요해진 영국 겨울의 우울함에서 벗어나기 위해 우리는 가족여행을 계획했다. 우리에게 여행지를 선택함에 있어 가장 중요한 것은 해였다. 겨울 내내 비가 오고 해를 보기가 어려운 영국에서 지내다 보니 쨍하게 내리쬐는 따뜻한 햇볕이 사무치게 그리웠다.

북아프리카 대서양에 위치한 테네리페는 국가는 스페인에 속하나 아프리카 바로 옆에 붙어 있다. 스페인 본토의 바르셀로나에서도 비행기를 타고 세 시간 이상을 가야 만날 수 있을 만큼 거리가 꽤 떨어진 곳에 있다. 이곳은 사계절 내내 따뜻한 기온을 유지해서 유럽에서 겨울 휴양지로 꽤 인기 있는 곳이다. 내가 살고 있는 이곳 리즈에서 JET2 유럽 저가항공을 타면 약 다섯 시간 만에 테네리페에 도착

BAR CAFETERIA
Bc

할 수 있다. 한국에서 오려면 경유는 물론이고 16시간 이상을 비행해야 하는 곳이기 때문에 이번 기회가 아니면 과연 내가 이곳을 올까 싶었다.

우리 가족은 겨울 여행지로 딱 좋은 테네리페로 목적지를 정하고 6박 7일의 여행을 훌쩍 떠났다. 영국에서 아이 둘과 차 없이 생활하다 공항에서부터 렌터카로 이동하니 얼마나 편한지 모른다. 조금 부족한 듯 살아가니 그동안 당연하게 누린 것들에 대한 감사한 마음을 배운다. 겨울에 테네리페 여행을 오는 사람들은 대부분 섬의 남부 지역인 아데헤Adeje에 머물면서 휴양을 하는 편이다. 아이들도 아직 어린 편이기에 무리하지 않고 휴양을 선택하면 좋으련만 내 여행 스타일은 편안함이 아닌가 보다.

"언제 다시 올지 몰라."

여행을 할 때마다 나는 이곳을 다시 오고 싶지 않을 정도로 보고 느끼려고 하는 편이다. 아이들과 함께여도 나의 여행 스타일은 쉽사리 바뀌지 않았다. 6박 7일 동안 세 번이나 숙소를 옮겨다녔다. 섬의 북동쪽에서 2박, 북서쪽에서 1박, 남쪽에서 3박을 머물렀다. 제주도보다 크기가 큰 테네리페는 한 곳의 숙소를 정하고 여행을 하기에는 무리가 있었다.

산타크루즈→라라구나→로로파크→가라치코→마스카→아

반시계 방향으로 돌면서 섬을 일주했다. 섬의 북쪽과 남쪽의 분위기는 사뭇 달랐다. 심지어 피부로 느껴지는 기온차도 달랐다. 섬의 북쪽에서는 저녁이면 차가운 바람에 패딩점퍼를 꺼내 입었고, 남쪽에서는 따뜻한 햇볕을 받으며 바다에서 수영을 했다. 테네리페 섬은 우리의 기대를 저버리지 않고 가는 곳마다 각양각색의 매력으로 우리의 마음을 사로잡았다.

북쪽에 위치한 산타크루즈와 라라구나, 가라치코는 해변을 끼고 있는 작은 마을이다. 섬 대부분의 도로가 좁고 아찔한 절벽으로 길이 나 있기 때문에 초보 운전자가 렌트 운전을 하기에는 쉽지 않다. 하지만 벼랑 끝으로 떨어질 것만 같은 아찔한 운전만 감수한다면 여행 내내 아름다운 해변과 절경을 감상하며 드라이브를 할 수 있다.

테네리페는 눈과 더불어 입도 호강하는 곳이었다. 인기 있는 휴양지임에도 물가가 아주 저렴했다. 에어비앤비 1박에 50파운드(75,000원)면 훌륭한 시설을 갖춘 곳에서 머물 수 있었고, 한 끼 식사로는 1인당 10파운드(15,000원)면 충분했다. 섬나라임에도 해산물을 구하기 어려운 영국에 머물다 이곳에 오니 저렴한 가격에 싱싱한 해물을 원없이 먹을 수 있어 참 좋다. 무엇보다 섬 곳곳의 매력이 다양해서 발길 닿는 곳마다 새로운 매력에 빠져들었다.

유네스코 세계문화유산 도시로 지정되어 있는 라라구나La Laguna로 발길을 옮겼을 때다. 마을로 들어서는 입구부터 차가 막히기 시작했다. 차를 멀리 주차하고 걸어가는 사람들도 많이 눈에 띄었다.

"사람들이 이렇게 줄지어 가는 것 보니 무슨 행사가 있나봐."

남편이 얘기했다. 자세히 보니 사람들이 정확히 한곳으로 모여들고 있었다. 우리는 겨우 주차를 하고 사람들이 가는 곳으로 자연스럽게 걸어갔다. 알록달록 불빛이 가득한 큰 광장에 사람들이 가득 모여 있다. 1월 초였음에도 아직 마을 전체에는 크리스마스 장식들로 가득했다. 나무에는 색색깔의 불빛들로 꾸며져 있고 라라구나 구시가지 전체가 아름답게 빛나고 있었다. 곧이어 노랫소리가 들리고 퍼레이드가 시작됐다. 이 퍼레이드를 보러 몰려든 것이다. 무슨 일인지 모르겠지만 북적대고 모두가 들떠 있는 분위기를 보니 축제인 것은 틀림없다. 무슨 영문인지 누굴 붙잡고 물어볼까도 생각해봤지만 며칠 지내보니 이곳 사람들 대부분은 영어를 할 줄 몰랐다. 레스토랑에 가도 영어로 질문하면 당황스러워하는 직원들이 꽤 있다. 덕분에 막연히 백인을 보면 당연히 영어를 잘할 거라 생각했던 선입견이 사라졌다. 또한 종종 나에게 중국어로 말을 건네는 외국인들의 마음도 덩달아 이해되었다.

퍼레이드에 참여한 사람들의 연령은 어린이부터 노인까지 다양했다. 어린아이들이 악기를 연주하고, 초등학생들은 춤을 추기도 했

-
한눈에 보이는 가라치코 마을.

\-

라라구나에서 동방박사 축제를.

다. 연세가 많은 노인들은 관악기를 연주하고, 다양한 디즈니 캐릭터로 변장한 사람들의 행렬도 이어졌다. 마을 전체가 흥겨운 노랫소리와 환호성으로 떠들썩했다. 퍼레이드의 마지막은 동방박사다. 웅장함을 뽐내며 등장한 동방박사들이 '라라구나'라는 마을 이름이 적힌 젤리 수백 개를 공중으로 던졌다. 와우, 참 신기한 광경이다. 젤리가 땅으로 떨어지자 사람들은 환호성을 지르며 젤리를 잡았다. 나도 덩달아 공중을 허우적대며 젤리를 잡기 위해 안간힘을 썼다. 그렇게 우리 가족은 우연히 이 시간에 라라구나에 들러 스페인 전통 마을 축제에 빠져들었고 어느새 함께 즐기고 있었다. 알고 보니 이날은 스페인 최대 축제인 '동방박사의 날'이었다. 이 마을에서만 열리는 축제가 아니고 매년 1월 6일이면 스페인 전역에서 열리는 축제였다. 얼떨결에 스페인 현지에서 참여한 생생한 축제는 오랫동안 기억에 남을 정도로 여운이 짙었다.

마지막 일정이었던 아데헤 해변에서의 햇살은 참 따스했다. 영국으로 돌아가면 한동안 해 없는 생활을 다시 해야 하기에 최대한 해변에 앉아 햇볕을 즐겼다. 왜 그토록 영국인들이 햇볕이 쨍쨍 내리쬐는 날 잔디밭에 누워 있는지 이해가 된다. 하은이는 아빠와 함께 실컷 모래놀이를 하고 수영을 하기도 했다. 해변에 앉아 지고 있는 아름다운 석양을 바라보고 있으니 지구 어느 곳에 붙어 있는지 이름조차 몰랐던 이곳에 앉아 있는 것이 새삼 기적처럼 느껴졌다.

테네리페에서 머무는 며칠 동안 우리 가족은 에너지를 가득 채웠다. 이곳에서 만난 따뜻함은 남은 영국 겨울을 나기에 충분했다. 메마른 땅에 단비 같았던 테네리페 여행을 지금도 우리 부부는 유럽 최고의 여행지로 꼽는다.

언젠가 꼭 한 번 다시 가고 싶은 곳, 테네리페!

7.
널서리 꼭 보내야 할까?

영국은 학생비자로 거주할 경우 36개월 이상의 아이에게 주 15시간 널서리Nursery 무료 바우처를 제공한다. 널서리는 우리나라의 어린이집과 같이 만 4세 이하의 아이들이 다니는 보육기관이다. 영국으로 입국할 때 34개월이던 하은이는 오자마자 얼마 지나지 않아 세 돌 생일을 보냈다. 만 36개월이 지나고 집 주변 널서리를 알아보기 시작했다. 영국도 우리나라 어린이집처럼 국공립이나 평이 좋은 널서리는 오랫동안 기다려야 한다. 처음 한인교회에서 알게 된 하은이와 비슷한 또래를 둔 엄마는 만날 때마다 나에게 물었다.

"널서리 대기는 걸었어요?"

넋 놓고 있는 나에게 널서리 대기를 미리 걸어놓지 않으면 못 갈 수도 있다고 만날 때마다 조언을 해주었다. 덕분에 우리는 부랴부랴 구글맵에서 집 근처의 널서리를 검색하고 걸어서 갈 수 있는 거리에 위치한 널서리에 문의 메일을 보냈다. 며칠 안에 대부분의 널서리에서 답변이 왔다. 그중에 공석이 있는 널서리 한 곳에 투어 일정을 잡았다.

처음으로 투어한 곳은 집에서 걸어서 10분 거리에 있는 사립 널서리였다. 원장실에서 널서리에 대한 간단한 소개를 받고 함께 둘러보면서 활동하고 있는 아이들의 모습도 직접 관찰할 수 있었다. 모든 것이 처음이라 낯설고 어색했다. 투어가 끝나고 나온 하은이는 말했다.

"엄마. 내 어린이집은 샛별반 선생님 있고, 지유랑 승진이랑 하율이가 있는 어린이집이야. 여기 안 다닐 거야!"

하은이는 널서리 투어를 하면서 한국에서 다니던 어린이집이 생각났던 모양이다. 좋은 선생님과 친구들 덕분에 어린이집에 가기를 너무나도 좋아했던 하은이다. 혹여나 스트레스가 될까 싶어 널서리가 어떤 곳인지 미리 말해주지도 않았는데 이 작은 꼬맹이가 벌써 눈치 채고 말했다.

나 또한 별 생각 없이 있다가 막상 널서리에 와서 보니 두려움이 물밀듯이 밀려왔다. 하은이는 영어는 한마디도 할 줄 모르고, 당연히 들을 줄도 모른다. 또한 이곳 영국 널서리 선생님은 하은이의 언어를 전혀 알아듣지 못한다. 한국어로 의사표현 정도 할 줄 아는 이제 겨우 36개월 된 어린아이였다. 막상 투어를 하고 나니 눈이 파랗고 머리가 노란 백인아이들만 있는 이 낯선 곳에 정말 우리 아이를 보내도 되는 것일까 혼란스러웠다. 아무리 아이들은 어딜 가나 잘 적응한다고 하지만 이 순간 이런 말들은 나에게 아무런 도움이 되지 않았다. 아이라고 왜 어렵지 않을까. 오히려 아직 미성숙한 아이들에게 이런 상황이 더 어렵고 압박이 될 수도 있을 것 같다는 생각이 들었다.

결정적으로 가장 큰 문제는 엄마인 나였다.

"왜 나는 그동안 치열하게 영어 공부를 하지 않았을까?"

영어를 공부하지 않은 나에 대해 자책감이 밀려왔다. 이 낯선 환경에 우리 아이를 맡기기 위해서 영어는 필수다. 엄마인 내가 널서리 선생님에게 우리 아이에 대해 정확하게 전달하고, 당연히 받아야 할 대우에 대해서 똑 부러지게 요구해야 하는데 말이다. 현실을 맞닥뜨리고 나니 자신이 없고 의기소침해지기 시작했다.

내 안에 두 마음이 대립됐다.

어른도 낯선 환경에서 의사소통이 안 되면 힘들고 좌절하는데 굳이 이 어린아이가 그런 감정을 느끼며 이 시간을 보내야 하는 것인가? 한편, 한국에서는 비싼 돈 내고 영어유치원도 보내는데 영국까지 왔으니 새로운 경험을 하는 것이 낫지 않을까? 적응하려면 시간도 필요하고 어렵겠지만 그 시간을 통해 하은이가 분명 배우는 것들이 있을 거야.

하은이가 적응만 잘해준다면 보내는 것이 낫다는 생각이 들었지

-
하은이가 다니던 널서리와 대기공간.

만 이 모든 것이 처음이라 어떤 선택이 옳은지 확신이 서지 않았다. 과연 하은이가 잘 적응해줄까? 주변에서 널서리 첫 경험담을 들어보니 한국에서 어린이집에 잘 적응한 아이들도 첫 한 달 동안은 생각 이상으로 많이 힘들어한다고들 한다. 일단은 널서리에 적응을 시켜보되 거부 반응이 심하면 집에 데리고 있기로 결심했다. 앞으로 영국에서 쭉 살아야 한다면 어떻게든 적응을 시켜야 하지만 1년 후면 한국으로 돌아갈 것이고 아직 어리기 때문에 엄마와 함께 있는 것도 좋겠다고 판단했기 때문이다.

하은이의 마음을 사로잡는 널서리를 찾는 것이 우선이었다. 집 근처 다른 공립 널서리에 메일을 보내고 투어 일정을 잡았다. 건물이나 시설 면에서는 지난번에 투어를 한 사립 널서리가 훨씬 나았다. 하지만 이번에 투어한 널서리는 자유로운 분위기였고, 투어하면서 만난 선생님들이 하은이에게 다정하게 인사를 건네주었다. 특별하게 어떤 부분이 더 마음에 들었는지는 모르겠으나 투어하면서 하은이는 말했다.

"엄마, 여기 마음에 들어! 오늘부터 여기 다닐 거야!"

휴~ 다행이다. 일단 하은이의 긍정적이고 적극적인 반응을 보니 한결 마음이 나아졌다. 그렇게 하은이는 하루 세 시간씩 오후 타임으로 널서리에 다니기 시작했다. 첫 등원을 하는 날 하은이를 준비시키면서 딱 두 단어를 알려줬다.

"하은아, 목이 마르면 워터Water, 화장실이 가고 싶으면 토일렛Toilet이라고 하는 거야."

하은이가 까먹지 않도록 여러 번 설명해주고 말해보도록 연습을 시켰다.

두근두근. 드디어 널서리로 향했다. 첫날이라 담임선생님과 간단한 인터뷰를 했다. 아이의 전반적인 발달사항과 특이사항에 대해 이야기했다. 또한 선생님은 하은이의 간단한 요구사항을 알아들을 수 있도록 한국어를 영어로 적어달라고 요청했다.

물: Mul

화장실: Hwajangsil

아빠: Appa

엄마: Eomma

기본적인 단어들을 발음 나는 대로 적었다. 널서리 선생님이 하은이와 소통하기 위해서 간단한 한국어를 알려달라고 하니 한결 마음이 놓였다. 첫날에는 한 시간, 둘째 날에는 두 시간, 셋째 날에는 세 시간 이렇게 서서히 널서리에 있는 시간을 늘려나갔다. 첫날 하은이를 널서리에 보내놓고 잘 있을지 걱정이 되어 집에서 얼마나 안절부절못했는지 모른다. 한 시간이 지나고 널서리에 가니 저 멀리 야외

널서리에서 종이박스로 만들어온 로봇.

놀이터에서 신나게 놀고 있는 하은이가 보인다. 집에 가자고 하니 더 놀고 싶다며 고개를 절레절레 흔든다. 처음이라 많이 낯설었을 텐데 몇 개월을 집에서만 보내서 그런지 그동안 했던 걱정이 무색할 정도로 밝은 표정으로 엄마를 반긴다. 이 순간 하은이가 얼마나 기특하고 고마웠는지…….

그렇게 하은이의 영국 널서리 생활이 시작되었다.

영국의 학제

: 초등학교 취학 연령은 9월 1일 기준 만 5세

: 영국은 6년(초등)-5년(중등)-2년(후기중등)-3년(대학) 학제로 구성

: 만 3세 널서리부터 무상교육 실시

영국 나이	학교	레벨	학년
만 3세	Nursery		
만 4세	Reception		
만 5세	Primary School	Key Stage 1	Year 1
만 6세			Year 2
만 7세		Key Stage 2	Year 3
만 8세			Year 4
만 9세			Year 5
만 10세			Year 6
만 11세	Secondary School	Key Stage 3	Year 7
만 12세			Year 8
만 13세			Year 9
만 14세		Key Stage 4	Year 10
만 15세			Year 11
만 16세		Sixth Form (A Level)	Year 12
만 17세			Year 13
만 18세	University		1
만 19세			2
만 20세			3

8.

돌잔치를 왜 걱정했지?

7개월 된 하진이를 안고 영국으로 건너온 게 엊그제 같은데 어느새 시간이 훌쩍 지나 돌이 코앞이다.

'그래도 첫 생일인데 어떻게 보내지?'

친지 하나 없는 이곳에서 어떻게 하진이의 돌을 보내야 할지 고민스러웠다. 남들 다 한다는 성장앨범도 영국 유학이 결정되고 나서 급하게 취소했다. 나중에 하진이에게 보여줄 그럴싸한 사진도 한 장 못 남긴 것 같아 괜스레 미안한 마음도 들었다. 아직 어려 아무것도 모른다지만 엄마 마음은 그렇지 않은 것이다.

밸런타인데이가 생일인 하진이의 생일은 마침 설 명절 즈음이었다. 리즈한인교회에서는 1년에 몇 번 큰 행사 때마다 예배 후 만찬을 하는데 그중에 한 번이 설 명절이다. 감사하게도 목사님께서 먼저 설 만찬과 함께 하진이 돌잔치를 하는 것이 어떻겠냐고 제안해주셨다. 가족도 없이 외롭고 쓸쓸하게 돌을 보내야 하나 했는데 이렇게 마음을 써주시니 참 감사했다.

교회에서 돌잔치를 하기로 결정하고 나는 나름대로 준비해보기로 했다. 답례품으로 무엇이 좋을까 생각하다가 청년과 장년 모두에게 필요한 핸드워시Hand Wash로 결정했다. 포장지로 하나씩 정성스럽게 포장을 하고 정갈하게 리본을 맸다.

"하진이 첫돌을 축하해주셔서 감사합니다"라는 문구를 스티커로 뽑아 겉면에 붙이니 그럴싸한 답례품이 완성되었다. 답례품과 함께 돌떡도 돌리고 싶었는데 런던 근처라면 모를까 이곳 리즈에서 떡을 공수할 방법이 없다. 꼭 돌떡을 해야 한다고 생각하지는 않았지만 구하지 못한다고 생각하니 못내 아쉬운 마음이 들었다.

돌잡이는 집에 있는 장난감을 활용하기로 했다. 연필, 파운드, 실, 청진기, 핸드폰, 공을 준비했다. 요즘은 시대가 변해 아이들 꿈이 유튜버인 경우도 많아 돌잡이를 할 때 핸드폰도 올려놓는다고 하여 함께 올렸다.

가장 고민스러웠던 것은 하진이의 돌 복장이었다. 한복을 입히고 싶었지만 준비하지 못했으니 차선책으로 쇼핑몰에서 애기 정장을 사서 입힐 생각이었다. 몇 군데 쇼핑몰을 돌며 돌잔치 의상으로 어울릴 만한 정장을 찾아다녔다. 그런데 돌잔치를 한 주 남긴 주말, 한글학교에서 우연히 돌잔치 이야기를 나누다가 손재주가 뛰어난 언니가 아들 돌 때 입히려고 직접 만든 한복을 빌려주겠다고 한다. 한복을 받아보니 파스텔 톤의 하늘색과 핑크색이 잘 어우러진 고급스러운 재질의 한복이다. 친절한 언니 덕분에 머나먼 타국에서도 하진이에게 예쁜 색동한복을 입힐 수 있게 되었다.

돌잔치 날이 되었다. 나는 답례품, 돌잡이 물품, 만찬 때 먹을 음식을 준비해서 교회로 향했다. 특별한 만찬예배를 드릴 때는 장년부원들이 각자 음식을 한 가지씩 준비해온다. 교회에 도착했는데 저 멀리 정성스럽게 차려진 돌상이 보였다. 그저 함께 축하해주는 것만으로도 감사했는데 생각지도 못했던 돌상까지 차려져 있다. 돌상에 올라온 케이크와 과일들 그리고 떡이 보였다. 떡을 구할 수 없기에 새벽 한 시까지 사모님께서 직접 떡을 만드셨다고 한다. 떡을 구하지 못해 아쉬운 내 마음을 어찌 아시고 이렇게 떡을 준비해오셨을까. 번거로움과 수고로움을 마다하지 않고 정성스럽게 돌상을 차려주시니 참 감사했다.

설 명절이자 돌잔치 날 출장뷔페보다 더 훌륭한 음식들이 준비되었다. 모인 모든 사람들이 진심으로 우리 가족과 하진이의 돌을 축하해주고 축복해주어 머나먼 타국에서 따스함과 사랑으로 돌잔치를 마칠 수 있었다. 그동안 가족도 없이 돌잔치를 어떻게 해야 하나 걱정했던 것은 기우였다. 이곳에서 만난 사람들은 서로의 외로움을 잘 알기에 더 끈끈했고 더 친절했다.

하진이의 생일날에는 친한 지인 몇 분을 집으로 초대했다. 테이블

-
영국에서 첫 생일을 맞은 하진이.

에 하얀 식탁보를 깔고 머핀과 마시멜로로 3단 접시를 채우고 나름 정성스레 엄마표 돌상을 만들어보았다. 성장앨범을 찍지 못한 아쉬움을 오늘 사진으로 달래기로 했다. 지인이 준비해온 디지털카메라와 아이들을 웃게 해주는 센스를 동원하여 최상의 컨디션으로 사진을 남겼다. 이날 우리는 주인공인 하진이를 웃게 하기 위해 얼마나 성심성의를 다했는지 모른다. 덕분에 전문가의 손길을 거친 성장앨범보다 더 멋진 사진들을 얻을 수 있었다. 돌상 앞에서 연신 까꿍을 외치는 서로를 바라보며 영국에서 돌 스냅촬영 알바를 해도 되겠다며 깔깔대면서 웃었다.

함께 맛있는 음식을 나누고 한국에서 가져온 윷놀이를 하며 즐거운 하루를 보냈다. 그렇게 하진이의 첫 번째 생일은 차고 넘치도록 따뜻했고 행복했다. 이제 막 아장아장 걷는 아기인 하진이가 건강하게 무럭무럭 자라 이렇게 받은 은혜들을 다른 사람에게 흘려보낼 수 있는 사람이 되기를 바란다.

봄

Spring

1.
드디어 노란 수선화가 피다

널서리 가는 길목의 초록색 잔디 위에 노란 수선화가 하나둘 피기 시작했다. 기나긴 겨울을 보내며 봄이 오기를 얼마나 손꼽아 기다렸는지 모른다. 영국에서 봄이 되면 가장 먼저 눈에 보이는 꽃이 바로 이 노란 수선화다. 꼭 널서리 가는 길목이 아니더라도 잔디가 있는 곳이라면 영국 어디에서나 흔히 볼 수 있다. 초록 새싹이 보이더니 이내 꽃봉오리가 올라오고 활짝 피었다. 살랑대는 봄바람을 맞으며 피어오르는 꽃을 보니 마음까지 따뜻해졌다.

이곳에 오니 이전에는 보이지 않던 자연이 눈에 들어온다. 쳇바퀴 굴리듯 바쁘게 하루 하루를 살았던 한국에서는 느끼지 못했던 것들이다. 변덕스러운 영국 날씨 탓에 하루에도 몇 번씩 날씨를 확인하고 살아감에 있어 햇볕이 얼마나 중요한지 깨달았다. 어두운 겨울을 보내며 애타게 봄을 기다리다 보니 계절이 변화하는 것에 민감하게 반응했고, 계절마다 바뀌어가는 자연을 바라보며 창조주에 감사하는 마음을 배웠다.

“영국의 장롱에는 사계절 옷이 진열되어 있다.”

봄이 오긴 왔지만 기대만큼 화창한 날씨를 유지하지는 않았다. 날씨가 따뜻해지는 것 같아 이제 패딩점퍼를 서랍 속에 넣으려고 하면 언제 그랬냐는 듯 비바람이 불고 기온이 떨어졌다. 이번 추위만 지나면 정말 봄이 오겠지 하는 희망이 무색할 정도로 변덕스러운 날씨다. 그렇게 6월이 올 때까지 패딩점퍼는 여전히 장롱 속에 있었다. 화창한 날에는 반팔 티셔츠를 입었고, 비가 오고 추운 날에는 어김없이 패딩점퍼를 꺼내 입었다.

햇살이 유난히 따뜻했던 봄날이었다. 햇볕이 사무치게 그리웠던 우리는 친하게 지내던 지인들과 함께 갑작스럽게 나들이를 계획했다. 리즈 시내에서 15분 거리에 위치한 템플 뉴삼Tample Newsam으로 향했다. 영국에 와서 첫 나들이다. 가벼운 옷차림으로 돗자리를 들고 집에서 나와 아이들과 함께 2층 버스에 올랐다. 창밖을 바라보니 이제야 정말 따뜻한 봄이 왔구나 싶어 마음이 포근해져왔다. 리즈 시내에서 만나 주말 그룹티켓을 구매하여 함께 버스를 탔다. 성인 다섯 명이 하루 종일 제한 없이 버스를 이용할 수 있는 그룹티켓으로 교통비가 비싼 영국에서 주말에 가족이 함께 사용하기에 더할 나위 없이 좋은 티켓이다.

점심으로는 간편하게 테스코TESCO에서 판매하는 밀딜Meal deal을 샀다. 밀딜은 테스코뿐 아니라 영국 어느 마트에 가도 쉽게 볼 수 있는데 3파운드(4,500원)에 샌드위치와 음료 그리고 디저트를 선택할 수 있다. 합리적인 가격에 간편하게 끼니를 해결할 수 있기 때문에 학생들을 비롯해 많은 영국인들이 점심으로 애용하는 메뉴다. 오늘 나들이는 번거롭게 도시락을 준비하지 않아도 되니 마음도 한결 가벼웠다.

버스에서 내려 걸어가는 길이 참 아름답다. 봄의 생기가 느껴지는 꽃들을 만났고, 나뭇가지 사이로 돋아나는 새싹들이 눈에 띄었다. 봄기운을 느끼며 걷다 보니 어느새 템플 뉴삼에 도착했다. 이곳은 영국 귀족의 집으로 하우스, 농장, 기념품샵 등 다양한 볼거리들이 있으나 우리는 끝없이 펼쳐지는 잔디에 덩그러니 돗자리를 펴고 앉았다.

이날 우리는 모여 특별하게 무언가를 하지 않고 그저 잔디밭에 앉아 따스한 봄날을 온몸으로 느꼈을 뿐이다.

"한국으로 돌아가면 이 장면이 제일 그리울 것 같아."

그렇게 하염없이 바라본 풍경은 나에게 가장 영국스럽고 그리운 풍경으로 남았다. 이날 이후로 봄은 성큼 우리에게 다가왔다.

영국의 봄 하면 이스터Ester를 빼놓을 수 없다. 영국에서 이스터는 크리스마스와 함께 가장 큰 행사로 우리나라로 치면 명절처럼 중요

–
푸른 초원 위의 양떼.

하게 여긴다. 이스터가 오는 것을 가장 먼저 느낄 수 있는 곳은 마트이다. 발길이 닿는 모든 마트들이 이스터 관련 물품들을 진열한다. 이스터의 상징인 이스터 토끼와 에그 초콜릿이 눈에 가장 많이 띈다. 우리나라에서 부활절에 삶은 계란을 나눠 먹는 것과 같이 영국에서는 에그 초콜릿을 먹는다고 한다. 작고 귀여운 초콜릿부터 큰 초콜릿까지 다양하게 진열되어 있다.

나는 매주 예배를 드리러 가는 리즈한인교회에서 주일학교 교사로 섬기고 있었다. 이스터를 맞이하여 아이들과 어떤 활동을 하면 좋을까? 이스터 주일을 아이들과 특별하게 보내기 위해서 무엇울 준비하면 좋을까 고민이 되었다. 영국에서 아이들과 함께 이스터의 대표적 게임인 에그 헌팅Egg Hunting을 준비했다. 에그 헌팅은 이스터 토끼가 남기고 간 에그를 찾는 게임이다. 보물찾기 같은 개념으로 여기저기 숨겨진 에그 초콜릿을 찾는 게임이다.

또한 이곳이 영국이긴 하나 한국사람들이 모인 한인교회이기 때문에 한국식으로 삶은 계란이 있으면 좋겠다고 생각했다. 주일 아침 계란 50개를 깨지지 않게 잘 삶았다. 그리고 주일학교 시간에 아이들과 함께 스티커로 계란을 정성스럽게 꾸몄다. 예배가 끝나고 친교 시간에 아이들이 직접 꾸민 계란을 교인들에게 나눠주는 시간을 가졌다. 계란이 들어 있던 빈 바구니를 가지고 교회 앞 잔디밭으로 함께 나갔다. 미리 숨겨놓은 바니와 에그를 찾는 시간이다. 바구니를

리즈한인교회 앞에서 이스터에그를 찾는 아이들.

가지고 열심히 뛰어다니며 초콜릿을 찾는 아이들이 사랑스럽다. 기회가 된다면 언젠가 한국에서도 해보고 싶은 게임이다. 보물찾기도 즐거운데 더구나 초콜릿이라니 아이들이 흥분할 만하다.

시끌벅적하게 이스터가 지나고 나자 4월 마지막 주부터 다시 서머타임이 시작됐다. 한 시간이 늦어지고, 한국과의 시차는 8시간으로 줄어들었다. 서머타임이 시작되고 5월이 시작되자 일몰시간은 아홉 시로 늦춰졌다. 그토록 그리웠던 해가 밤이 되어도 중천에 떠 있는 것이다. 이제 봄이 왔으니 본격적으로 영국 생활을 즐겨봐야겠다.

2.
이렇게 친절해도 되나요?

1년 동안 영국에서 살면서 가장 많이 듣고 나 역시 입으로 내뱉은 영어는 다음과 같다.

After you(당신 먼저)

Thank you(고마워)

Sorry(미안)

Please(부탁해요)

내가 만난 대부분의 영국사람들은 친절하고 배려심이 깊었다. 어느 겨울날이었다. 하은이를 널서리에 보낸 뒤 유모차에 하진이를 태우고 시내에 가기 위해 버스를 기다렸다. 잠시 후 버스가 왔다. 버스요금을 지불한 뒤 중간 좌석에 앉았다. 그런데 갑자기 버스기사가 시동을 끄더니 버스에서 내린다. 무슨 일인가 궁금해하던 찰나에

버스기사가 다시 올라타더니 나에게 뚜벅뚜벅 걸어왔다. 그리고 내 앞에서 멈춰선 운전기사가 나에게 장갑 한 짝을 내밀었다. 내 장갑이었다. 장갑을 끼고 있던 나는 버스에 타면서 티켓을 결제하기 위해 장갑을 벗으면서 장갑 한 짝을 정류장 앞에 흘렸던 것이다. 버스기사가 운전석에서 내려서 장갑을 주워 나에게 갖다 주다니, 신선한 경험이었다.

아이와 함께 있으면 영국사람들의 친절함이 배로 늘어나는 것을 경험할 수 있다. 마치 내가 아이를 보호하고 있는 것이 아니라 아이를 통해 내가 보호받는 느낌이 들 정도다. 영국이 온 지 얼마 안 되었을 때의 일이다. 리즈에서 30분 정도 거리에 있는 요크로 가는 기차 안이었다. 때마침 퇴근시간과 겹쳐 기차 안은 사람들로 가득했다. 서 있을 공간조차 넉넉하지 않아 한구석에 하진이를 아기띠 한 채 서 있었다. 그런데 저 맨 끝자리에 앉으신 정장을 빼입은 흰머리의 할아버지 두 분이 일어나서 나에게 걸어오는 것이 아닌가. 나보고 자기 자리에 와서 앉으라고 하신다.

정말 새파랗게 젊은 내가 머리가 희끗하신 할아버지 자리에 앉아도 된단 말인가. 경로사상이 기본인 우리나라에서도 감히 상상하기 어려운 상황이었다. 그동안 살면서 할아버지, 할머니에게 자리 양보를 해줘만 봤지 이렇게 할아버지에게 자리를 양보받다니 참 신기한 일이다. 그것도 멀리서 나를 발견하고는 직접 나에게 와서 말이다.

-
아이들에게 항상 친절한 영국사람들.

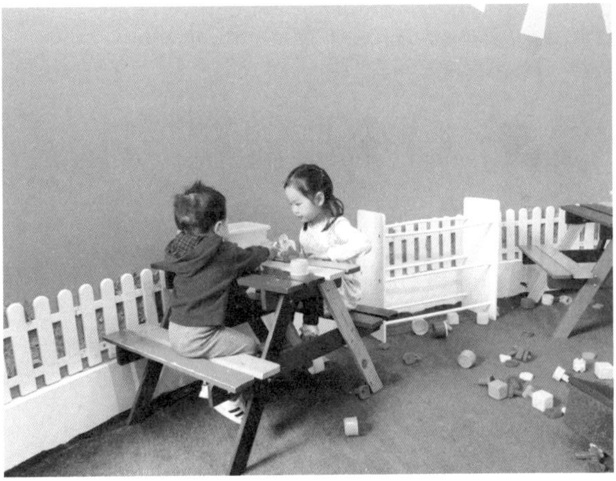

-
리즈 박물관에 있는 아이를 위한 공간.

나중에 이렇게 어르신들에게 감동받은 사연을 들려주니 이곳에 놀러온 친오빠가 말했다.

"나는 젊은 사람들이 하나같이 다 양보해주는 것이 더 신기하더라고."

생각해보니 한국에서 만삭일 때 학생들로 가득 찬 버스를 탄 적이 있었는데, 임신한 채 하은이를 안고 있었음에도 자리를 양보 받지 못해 종착지까지 서서 가야 했다. 물론 학생들이 일부러 자리를 양보하지 않는 것은 아니리라 생각한다. 자리 양보를 해줘야 한다는 생각조차 하지 못하는 것 같았다. 이러한 기본적인 배려는 교과서를 통해 배우는 것이 아니라 살아가면서 자연스럽게 습득하는 경우가 많은데 안타깝게도 보고 배우지 못한 것 같다. 이곳 영국에서는 나이를 불문한 아이들에 대한 배려가 새롭게 느껴졌다.

아이와 함께 대중교통을 이용하거나 쇼핑몰을 다니다 보면 이런 배려를 많이 받는다. 버스에 탈 때 유모차를 밀고 있으면 아무리 줄이 길어도 프리패스다. 너나없이 제일 먼저 탈 수 있게 양보해준다. 그뿐인가. 버스에서 내릴 때 유모차를 들고 함께 내려주는 사람들도 많다. 심지어 이번 정류장에 내리지 않는 사람도 내렸다가 다시 타는 번거로움을 감수하고 도움 주기를 마다하지 않는다. 이 정도의 에티켓을 가진 사람들이니 아이를 데리고 버스나 기차에 서 있을 때 단 한 번도 자리에 양보 받지 못한 적이 없다. 설령 곧 내릴 참이라

자리를 마다하면 또 다른 사람이 양보를 한다. 내가 머문 리즈가 지방이라 사람들이 더 친절할 수 있다고는 하나 런던 여행을 할 때도 아이들을 향한 친절은 같았다.

영국에 온 지 얼마 안 됐을 때 나는 남편 없이 아이들과 다니다가 혹시 소매치기라도 만날까, 길거리에서 나쁜 사람을 만나 해코지를 당할까 걱정했었다. 지인들과 대화하다가 아이와 함께 있을 때 이런 일이 생길까 걱정스럽다고 말하자 영국에 오랫동안 머물고 있는 한 분이 말했다.

"아이가 있으면 집시도 피해갈 거예요."

영국사람들은 이런 마인드를 가지고 있구나 싶어 놀랐다. 아이와 함께 있으면 정신이 없을 때가 많아 오히려 소매치기의 타깃이 될 법도 한데 영국에서는 집시들조차도 아이들은 우대해주나 보다. 물론 운이 없으면 걸릴 수도 있지만 말이다. 다행히도 1년 동안 영국에 머물면서 이런 일은 나에게 일어나지 않았다.

누군가는 영국에 머물면서 인종차별을 경험했다 하기도 하고 무례한 태도를 종종 보았다고 한다. 어쩌면 내가 영국인들이 갖고 있는 좋은 면만 봤을지도 모른다. 그럼에도 이곳이 아이와 함께 살기에 더할 나위 없이 좋다는 생각은 분명하다. 한국에서는 언제부터인가 '맘충'이라는 말이 공공연하게 사용되면서 아이를 키우는 엄마들이 자연스레 눈치 보는 일이 많아졌다. 타인에게 피해를 주는 행동을 하지 않는 것이 당연하지만, 아이와 함께 있다는 이유로 필요 이상으로 주변 사람들의 반응을 살피는 경우도 허다했다.

이곳에서도 늘 아이와 함께 동행했음에도 주변의 따가운 시선을 받아본 적이 한 번도 없었다. 한번은 한국에 돌아와서 유모차를 끌고 버스에 탄 적이 있다. 북적대는 버스 안에서 유모차를 끌고 가는 것이 무리였기에 유모차를 반으로 접어 아이를 안고 탔다. 그럼에도 넓은 공간을 자치하는 것이 어쩐지 미안했다. 아이를 안고 있는 나에게 자리를 양보해주는 사람은 없었다. 아이가 발버둥을 칠 때마다 주변을 살피게 됐고 그렇게 따가운 눈초리도 감당해야 했다.

우리나라도 나이를 불문하고 아이들과 노약자들에게 배려와 친절이 넘치는 곳이 되면 좋겠다. 나 또한 낯선 타국 땅에서 아낌없이 받아본 이 친절을 기억하고 더욱 베푸는 삶을 살아야겠다고 결심을 했다.

3.
특별한 숲속 생일파티

영국에서 생일은 더욱 특별하게 다가온다. 거리를 걷다 보면 생일 파티 전문점을 종종 볼 수 있는데 다양한 카드, 풍선, 포장지, 데코 용품들을 판다. 우리나라에서는 40세, 50세, 60세 등 똑떨어지는 나이가 될 때 좀 더 성대하게 생일을 맞이하는데 영국의 경우에는 매해 생일을 특별하게 생각한다. 숫자 풍선도 다양해서 41, 42, 43도 만들 수 있고, 생일카드에도 다양한 숫자들이 적혀 있다. 리즈 시내에 쇼핑하러 나갈 때면 중년여성들이 친구들과 함께 풍선을 들고 파티하러 가는 모습을 종종 볼 수 있다.

어른들의 생일도 이러하니 아이들의 생일파티는 더욱 특별하다. 대부분의 아이들은 생일파티를 당연하게 여기며 같은 반 아이들을 집이나 특별한 장소로 초대한다. 우선 초대카드를 보내 참석 여부를 파악한 뒤RSVP 파티를 준비한다. 초대한 사람은 파티 음식을 제공하고, 아이들이 함께 놀 수 있는 활동도 몇 가지 준비해서 즐거운 시간을 보낼 수 있게 해준다. 또한 헤어질 때는 아이들에게 구디백 Goodybag을 나눠준다. 보통은 이렇게 생일파티를 준비한다. 영국에 머물면서 하은이 친구의 생일파티를 몇 번 다녀왔는데 그중에 가장 기억에 남는 생일파티가 있다.

어느 날 문자로 생일초대 메시지가 왔다.

> 민우드 파크 4.27 12pm 비가 오나 눈이 오나 강행할 생각이고요, 올 때는 방수옷이나 여벌옷과 물 한 병, 돗자리를 챙겨 오세요.

한글학교에서 만난 린아의 생일파티 초대문자다. 파티 장소는 집도 파티룸도 아닌 리즈에 있는 민우드 파크 내부 골짜기다.

이 산골짜기에서 생일파티를 한다고? 산속에서 생일파티를 어떻게 할지 상상이 되지 않았다. 더구나 생일파티 전날 듣기로는 생일파티 예상 인원이 백 명이라고 한다. 생일파티에 백 명? 그 산골짜기에 백 명이 모인다고? 며칠 내내 비바람이 불어 걱정했는데 다행히 생일날은 조금 흐리기만 할 뿐 비가 내리지는 않았다. 민우드 파크에 도착하자 입구에서부터 선물 꾸러미를 들고 걸어가는 동네 아이들이 보였다. 10분 정도 골짜기를 올라갔다. 생일파티 장소가 정확히 어디인지도 모른 채 사람들을 따라 올라갔다.

하은이와 한글학교에서 만난 친구 서은이는 손을 꼭 잡고 올라가면서 잔디와 나무, 꽃, 새, 다람쥐를 보며 행복해했다. 구불구불 좁은 오솔길을 따라가다 보니 어느새 파티장소에 도착했다. 길쭉길쭉 키가 큰 나무들이 우거져 있고 밑으로는 바위들이 깎여 있는데 그 안에 동그랗게 움푹 파인 장소가 있다. 산속에 이런 넓은 장소가 나오다니 참 신기했다. 이미 사람들이 많이 모여 있다. 베이스캠프에는 큰 천막이 설치되어 있고 옆으로 모닥불이 피워 있다. 그 옆으로는 아이들을 비롯해 사람들이 각자 준비해온 돗자리를 옹기종기 펴고 앉아 있다.

영국의 4월 날씨는 겨울 온도와 다를 바 없기 때문에 오랫동안 산속에 있으면 점점 추워진다. 모닥불 옆에 앉아 몸을 녹이면서 마시멜로를 구워 먹으니 따뜻하고 재미있다. 민우드에 사는 대부분의 동네 사람들이 모인 것 같았다. 대충 보아도 아이들과 어른들이 백 명은 훌쩍 넘어 보였다. 천막 안쪽에는 언니가 손수 만든 음식들이 출장뷔페처럼 준비되어 있고, 한쪽 구석에 있는 버너 위에는 소시지와 고기가 삶아지고 있다. 대체 이 음식들을 어떻게 혼자 만들었단 말인가.

더 놀라운 일은 천막과 음식들을 이 골짜기까지 옮겼다는 사실이다. 업체를 이용하지 않고 오롯이 남편과 둘이서 말이다. 적당히 맛있게 삶아진 소시지로 핫도그를 만들어 먹었다. 아이들은 자유롭게

-
생일파티 장소로 올라가고 있는 아이들.

-
생일파티에서
페이스페인팅을 한 하은이.

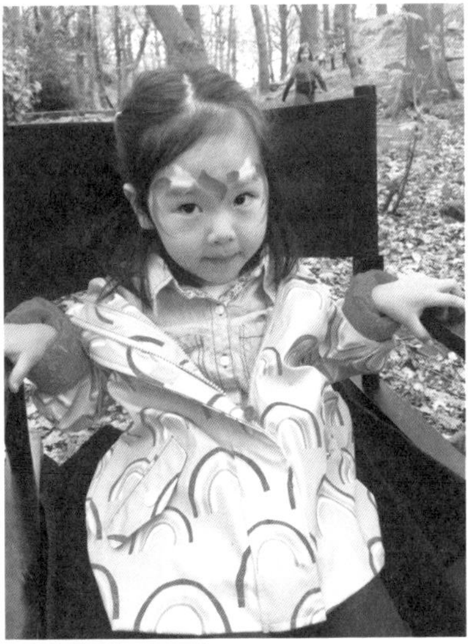

-
숲속 생일파티 장소에 준비된 모닥불.

숲속에서 자연을 탐색하며 뛰어놀았고, 어른들은 돗자리에 앉아 이야기를 나눴다. 간간이 한글학교 사람들도 보였지만 대부분 민우드 동네에 사는 영국 아이들이었다.

이 산골짜기에서 백 명이 배불리 먹고도 남는 오병이어의 기적(『성경』에서 예수님이 떡 다섯 개와 물고기 두 마리로 오천 명을 먹인 사건)이 일어났다. 언니가 손수 준비한 샐러드, 만두, 감자, 스프링롤, 샌드위치, 핫도그, 김치, 두부튀김, 석류, 수박, 고기, 옥수수전 등 다양한 음식은 많은 사람들이 먹고도 남을 정도의 양이었다. 참으로 처음 경험해보는 신기한 생일파티였다.

아이들은 바람에 깎인 큰 바위를 미끄럼 타거나 나무 위에 묶인 밧줄을 그네 삼아 놀았다. 한쪽에는 페이스페인팅을 하시는 분이 와서 아이들의 얼굴에 다양한 캐릭터를 그려주었다. 미리 산속 여기저기 숨겨놓은 솔방울을 아이들이 찾아오면 솔방울 개수만큼 초콜릿으로 바꾸어주었다. 또한 우리나라 운동회 때 하는 박 터트리기와 같이 토끼 모양의 박을 아이들이 터트리자 그 안에서 사탕과 문구류가 우르르 쏟아져 나왔다. 이곳은 아이들에게 더할 나위 없이 신나는 놀이동산이었다.

언니가 직접 만든 생일 케이크에 불이 켜지고, 우리는 둥그렇게 모여 생일축하 노래를 불렀다.

"Happy birthday to you~"

생일파티 노래가 숲속의 울창한 나무들 틈 사이로 울려 퍼졌다. 산속에서의 생일파티라니, 특별한 경험이었다. 생일 주인공은 물론이고 모인 아이들 모두에게도 이 순간이 행복한 기억으로 남을 것 같다. 집으로 돌아갈 때는 언니가 손수 바느질해서 하은이 이니셜을 새긴 구디백을 선물로 받았다. 구디백 안에는 토끼, 양초, 씨앗, 초콜릿 등 특별한 핸드메이드 선물들이 들어 있다. 대체 이 많은 아이들의 구디백을 언제 한 땀 한 땀 바느질을 해서 만들었다는 것인가. 정말 대단한 언니다. 음식, 놀이, 장소, 구디백, 케이크 등 파티 내내 이 많은 것을 준비했다는 사실에 놀라고 감격했다. 숲속 생일파티에 초대받은 하은이에게는 잊을 수 없는 즐겁고 특별한 경험이었다.

하지만 하은아, 엄마는 이렇게 생일파티를 못해준다는 걸 알아주렴. 사랑한다, 하은아.

4.
세상에 이런 펍이 있다니!

주말에 리즈 시내에 있는 핫한 펍Pup에서 페스티벌이 열렸다. 영국에서 만난 친한 커플이 그곳에 있다 해서 시내 나들이를 하고 있던 우리 가족도 펍으로 발길을 돌렸다.

'과연 유모차를 탄 아이를 데리고 들어갈 수 있는 건가?'

영국에 와서 한 번도 펍에 가본 적 없던 나는 어떤 분위기인지 궁금해하며 아이들을 데리고 펍으로 향했다.

Belgrave Music Hall & Canteen

Cross Belgrave St, Leeds LS2 8JP 영국

Street food, art market, kids activities

3월 9일, 4월 13일, 5월 11일

오전 11시~ 오후 5시 무료입장

입구에서부터 북적이는 사람들로 꽉 차 있고, 젊은이들은 맥주병을 들고 즐기고 있다. 우리가 가야 할 곳은 2층이다. 이 많은 사람들을 뚫고 유모차를 끌고 들어갈 수 있을까?

한국에서는 펍에 유모차를 끌고갈 상상조차 하지 못했다. 광고지에 "kids activities"라고 적혀 있었으니 일단 아이들도 입장 가능한 것은 분명하다. 용기 내어 입구에서 유모차를 밀었다. 그 번잡스러운 상황에도 홍해가 갈라지듯 사람들이 길을 비켜준다. 펍조차 유모차는 프리패스였다. 막힘없이 쭉쭉 밀어 펍으로 들어갈 수 있었고, 술에 취한 사람들도 아이에 대한 배려에는 예외가 없었다.

1층에서는 사람들이 서거나 앉아서 각자 자유롭게 맥주와 음식을 먹고 마시며 이야기를 나누고 있다. 양쪽에는 핫도그, 피자, 빵, 만두, 디저트, 커피 등 길거리 음식를 판매하고 있다. 리즈에서 나름 유명한 맛집들이 이날 마켓에 참여한 것이다.

이 펍은 꽤 큰 건물을 통째로 사용하고 있었다. 가끔은 유명 가수를 초청하여 콘서트를 열기도 하고 다양한 페스티벌을 여는 곳이었다. 2층으로 올라가니 입구에 핸드메이드 아트상품들을 판매하고 있다. 다양한 제품을 판매하는 프리마켓이다. 아기자기하게 진열된 아트상품들을 구경하며 더 안쪽으로 들어가보았다.

널찍한 홀이 키즈존으로 꾸며져 있다. 큰 테이블 다섯 개가 세팅되어 있고 테이블마다 각각 다른 활동을 할 수 있도록 준비되어 있다. 점토놀이, 종이접기 놀이, 이스터 바구니 만들기, 색칠하기, 도장 찍기 활동이다. 홀 중간에 아이들이 놀 수 있는 공간이 있고 벽 쪽으로 어른들이 앉을 수 있는 소파와 테이블이 놓여 있다. 어른들은 편안하게 소파에 앉아서 맥주를 마시거나 음식을 먹고, 아이들은 테이블을 돌아다니며 자유롭게 활동을 했다. 펍에 아이들을 위한 키즈존이 있다니!

하은이는 감자를 깎아 만든 도장으로 물감 찍기 놀이를 하고, 하진이는 푹신한 카펫 위를 아장아장 걸어다녔다. 덕분에 남편과 나도 편안하게 소파에 앉아 핫도그와 커피를 마시며 여유를 느낄 수 있었다. 주변을 둘러보니 다들 소파에 앉아 자유롭게 맥주를 마시면서 친구들과 대화를 나누는 모습이 보였다. 이 얼마나 이색적인 풍경인가!

아이를 키우면서 그동안 내가 갔던 키즈카페는 보통 아이가 중심이고 어른들은 따라가는 개념이었다. 하지만 이곳 분위기는 어른들이 주체이고 아이들이 함께 올 수 있도록 배려 받는 듯했다. 아이를 낳기 전 펍 분위기를 즐기던 사람이 아이가 있어도 여전히 자유롭게 맥주를 즐길 수 있는 것이다. 또한 아이가 없는 친구와도 펍에서 맥주 한 잔 하면서 만날 수 있다. 결혼을 하고 엄마가 되어보니 결혼 전의 일상이 그리울 때가 종종 있었다. '나는 언제쯤 여유롭게 커피숍에 앉아 책을 볼 수 있을까?' 그런 일상을 자연스럽게 즐길 수 있

\-
리즈의 어느 펍에서 열린 마켓.

는 이 분위기에 나는 한껏 취했다.

집 근처 헬스장Gym 투어를 갔을 때의 일이다. 이곳은 특별하게도 아이들을 돌봐주는 공간이 따로 있어서 부모가 운동하러 올 때 아이들도 함께 와 신나게 시간을 보낼 수 있었다. 만 2세 미만의 아이들은 6파운드(9,000원) 추가 비용이 있다. 1대1로 베이비시터가 붙기 때문이다. 3세 이상의 아이들은 키즈카페 같은 공간에서 노는데 돌봐주는 직원도 있고 시간에 맞춰 축구교실, 배드민턴 놀이 등을 운영한다. 운동을 하고 싶어도 아이들 때문에 제한적일 때가 많은데 아이와 함께할 수 있는 이런 시스템이 참 좋았다.

그동안 나는 아이를 낳고 엄마가 되면서 내 것들을 포기하는 경우가 많았다. 아이와 함께할 수 있는 시스템이 자연스럽게 자리 잡혀 있는 이곳은 엄마로서 포기하는 것보다 함께 즐길 수 있는 것이 많았다. 이런 환경들이 아이를 키우는 부모들에게는 숨통 트일 수 있는 통로가 되어주는 것 같다. 또한 에너지를 얻은 엄마로부터 아이 역시 좋은 영향을 받는 선순환 구조를 만들 수 있다고 생각한다. 내 것을 포기하기보다는 아이와 함께 즐길 수 있는 그런 엄마가 되길 바라본다.

5.
진정한 뚜벅이가 되다

과연 차 없이 살 수 있을까? 경제적으로 그리 여유롭지 못한 우리는 영국에서 1년 동안 차 없이 생활하기로 했다. 현실적으로 그게 옳았다. 아무래도 소모품인 자동차를 구매하면 목돈이 들어갈 뿐만 아니라 나중에 제값을 받고 팔기도 쉽지 않기 때문이다. 더구나 영국은 보험료가 우리나라보다 훨씬 비싼 편이다. 차 유지비도 만만치 않고, 운전에 서툰 나는 운전석이 반대인 것도 부담스러웠다. 카시트에 앉기를 싫어하는 아이 둘을 태우고 혹시 사고라도 나면 어쩌나 하는 걱정도 되었다. 말 통하는 곳에서도 사고는 골치 아픈 일인데 말 안 통하는 이곳에서의 교통사고는 상상조차 하기 싫었다. 여러 가지 요소를 고려해보았을 때 차는 없는 것이 속이 편했다.

차 없이 살 수 있었던 가장 큰 이유는 우리 집의 위치다. 우리 가족이 1년 동안 거주한 가족기숙사는 루틴하게 우리 가족이 가야 하는 남편 학교, 한인교회, 하은이 널서리, 한글학교, 마트에 가까운 곳에 위치했다. 모두 집에서 걸어갈 수 있는 곳에 있었고, 집 바로 앞에 버스정류장이 있었기 때문에 리즈 시내로 나갈 때도 아주 편리했다. 모든 것이 차 없이 생활하기에 최적화되어 있었다.

영국에 오기 전에는 차 없이 지내는 것도 괜찮지 않을까 하는 막연한 생각을 가지고 있었다. 그러나 막상 영국에 와서 한 달 정도 살아보니 가장 힘들어하는 사람은 나였다. 왜 이렇게 답답한 것인가. 차가 없으니 꼼짝없이 아이들과 집에만 있는 신세다. 한국에서는 아이 둘을 카시트에 태우고 여기저기 자유롭게 다니다가 집에만 있으려니 보통 답답한 노릇이 아니었다. 워낙 외출을 좋아하던 나는 어쩔 수 없이 집에서 아이들과 함께 온전히 시간을 보내는 것을 감당해야 했다.

차를 살까도 몇 번 고민해보았다. 나의 우울감이 증폭될 때마다 몇 번씩 남편과 진지하게 얘기해보았지만 역시 결론은 차는 사지 않는 것이었다. 마음껏 우버Uber를 이용해도 차를 사는 비용보다는 저렴하다는 결론을 내리고 차를 사기보다 좀 더 자유롭게 우버를 이용하기로 했다. 그렇게 우리는 차에 대한 미련을 완전히 버리고 진정한 뚜벅이가 되기로 결심했다.

영국에서 꽤 대중적인 우버는 일반택시보다 저렴하고 편리하다. 또한 영어를 잘 하지 못해도 상관없기 때문에 이용하기에 부담이 없다. 우버 어플을 설치한 뒤 목적지와 출발지를 설정하면 끝이다. 결제 또한 어플에 저장된 카드로 자동결제되는 형식이다. 우리는 집 앞에서 승하차를 할 수 있는 우버를 즐겨 이용했다. 남편은 우버를 이용할 때마다 기사와 수다떠는 것을 즐겼다. 지난 몇 년간 돈 내고 전화영어를 한 남편은 편안하게 목적지까지 가면서 덤으로 기사와 영국 문화에 대해 토론할 수 있는 이 시간을 좋아했다.

영국에서 다른 지역으로 이동할 때 가장 많이 이용하는 대중교통은 기차다. 그런데 영국에서 기차를 이용하면서 신기했던 점은 시도 때도 없이 발생하는 연착이었다. 정시에 기차를 탈 수 있다면 운이 좋은 것이다. 연착뿐 아니라 취소도 자주 있는 일이다.

리즈에서 리버풀로 가는 날이었다. 리버풀행 기차가 갑작스럽게 취소되었다. 워낙 흔한 일이라 다음 기차를 기다렸다가 탑승했다. 뒤늦게 가고 있는 도중에 중간지점인 맨체스터에서 갑자기 운행을 중단한다고 전광판에 뜨는 것이 아닌가. 이게 웬일이지. 이 상황이 한국이라 생각하면 너무 황당한 일인 것이다. 누군가 컴플레인할 법도 한데 기차에서 내리는 사람들은 모두 이상하리만큼 침착하다. 조용하게 플랫폼을 옮겨 다음 리버풀행 기차를 탔다. 이미 타고 있던 사람들과 겹쳐 만석이었기에 좌석을 예매한 사람들도 서서 가야 하는 상황이다. 나에게는 당혹스러운 이런 상황이 이곳에서는 워낙 흔한 일이라 혼란 속에서도 아무런 동요가 없다.

차가 없어서 오히려 우리는 대중교통을 이용하며 다양한 영국 문화를 접할 수 있었고 수많은 영국인들을 만날 수 있었다. 자연스럽게 그들의 행동과 표정을 관찰하며 문화의 차이를 느낄 수 있었던 것이 지나고 보니 값진 경험이라 생각된다.

우리에게 바퀴 달린 거라곤 유모차뿐이었다. 한국에서 외출할 때 차를 타는 것이 당연하듯이 이곳에서 유모차는 우리에게 차였다. 싱글 유모차지만 등받이를 뒤로 완전히 젖히면 아이 둘이 앉을 수 있었다. 하은이가 유모차에서 잠이 들면 하진이를 아기띠로 안은 채 걸었고, 하은이가 손을 잡고 걸을 때는 하진이가 유모차에 혼자 앉았다. 일주일에 한 번씩 장을 보러 마트에 갈 때도 장바구니 두 개를 들고 아이들을 유모차에 태우고 출발했다. 장바구니 두 개에 물건을 가득 채우고도 유모차 밑 바구니에 물, 음료수, 우유 등 무게가 나가는 것들로 가득 채울 수 있었다. 그래도 유모차는 거뜬히 굴러갔다.

비가 자주 오는 영국에서 유모차 레인커버는 필수품이다. 레인커버를 유모차 아래에 넣고 다니다가 비가 올 때는 꺼내서 씌웠다. 변덕스러운 날씨 때문에 남편과 나도 어느새 웬만한 비는 맞고 다니는 것에 익숙해졌다. 아이들은 커버를 씌운 유모차에 태우고, 우리는 모자를 뒤집어쓰고 비를 맞으며 걸어다녔다. 레인커버를 씌운 유모차는 아이들에게 비를 피할 수 있는 안전지대가 되어주었다. 사실 이곳에서는 아이들도 우산을 쓰지 않은 채 비를 맞고 걷는 모습을 자주 발견하곤 한다. 영국에서 비를 맞는다는 건 그만큼 아주 자연

-
싱글 유모차에 아이 둘 함께 태우기.

스러운 일인 것이다.

차를 사지 않고 우버를 이용하자 했음에도 자연스럽게 우리 부부는 30분 이내의 거리는 유모차를 끌고 걸어다녔다. 걷다 보니 체력도 좋아졌다. 여행도 대중교통을 이용해 다녔다. 어느 건물에 들어가든 리프트Lift를 찾았고, 리프트가 없을 경우 남편은 유모차과 짐을 책임지고 나는 하진이를 아기띠 한 채 하은이 손을 잡고 계단을 올라갔다.

"한국에서 이렇게 차 없이 살라 그랬음 진짜 못 살았을 거야."

상황이 이렇다 보니 못할 것도 없었다. 어느새 아주 우리 가족은 진정한 뚜벅이가 되어 있었다. 그렇게 우리는 유모차를 끌고 영국뿐 아니라 유럽의 10개국을 다녔다. 한국에 와서도 여전히 이 유모차를 끌고 뚜벅이 생활을 하고 있는 중이다.

아직까지도 아이들을 태우고 잘 굴러가는 참 고마운 유모차이다.

교통 관련 어플

· 영국 버스 어플: First Bus

· 영국 기차 어플: National Rail, Trainline Train & Coach Travel

· 우버 어플: Uber

· 유럽 저가항공 어플: Skyscanner

6.
두근두근 첫 손님맞이

영국에 온 지 벌써 8개월에 접어들었다. 우리가 처음에 영국에 오기로 결정을 하고 가족과 지인들에게 말했을 때 다음과 같은 반응이 적지 않았다.

"영국에 나 놀러가도 돼?"

그러면 우리는 흔쾌히 꼭 놀러오라고 대답하곤 했다. 실제로 우리는 이곳에 머무는 동안 내심 누군가 꼭 와주기를 바랐다. 그러면서도 막상 이곳에 와서 살아보니 누가 이 멀리까지 와줄까 싶었다. 한국에서 리즈에 오려면 경유시간까지 더하여 18시간 이상이 걸린다. 이곳이 특별한 관광도시도 아니고, 굳이 유럽까지 와서 다른 멋스러운 관광지를 포기하면서 말이다.

영국 생활에 어느 정도 적응이 되어가던 어느 날 친정오빠에게서 보이스톡이 왔다.

"영국 가는 비행기를 예약하려고!"

"와우! 진짜?"

한국에서 이 멀리까지 우리를 만나러 와준다니, 생각만 해도 두근두근 신이 났다. 하은이와 동갑내기인 조카 예림이도 함께 오기 때문에 하은이도 친정오빠 식구가 오기 며칠 전부터 손꼽아 기다렸다. 나는 설레는 마음으로 첫 손님맞이 준비를 시작했다. 그동안 사용하지 않던 손님방을 깨끗이 정리하고, 여분의 이불과 베개도 마련해놓았다. 여행 중에 한식이 그리워질 것을 대비해 일주일 동안 먹을 겉절이와 오이장아찌도 새로 담가놓았다. 가장 고민스러웠던 것은 여행 일정을 계획하는 일이었다. 이 먼 곳까지 돈과 시간을 들여 오는 오빠네 식구에게 즐거운 추억이 남길 바랐다. 주변 지인들에게 조언을 구해 리즈 근교에 함께 여행하면 좋을 만한 곳을 찾아서 나름 여행 계획을 짜기 시작했다.

우리 가족은 차 없이 생활하고 있었기 때문에 대중교통이 불편한 곳을 여행하는 데에는 한계가 있었다. 조금 더 편안하게 여행을 하기 위해 이틀은 렌트를 하기로 했다. 영국에 와서 운전을 해보지 않은 남편은 형님이 오시기 전에 차를 빌려 운전연습을 했다. 그렇게 온 가족이 분주하게 손님맞이를 했다.

"이제 비행기 출발해."

오빠가 보낸 카톡이 울렸다. 누군가 오롯이 우리 가족을 만나러 이 멀리까지 와준다는 사실에 감사하고 설렜다. 그렇게 긴 비행을 무사히 마치고 오빠와 새언니, 세 살배기 조카 예림이가 드디어 우리 집에 왔다! 반 년밖에 지나지 않은 시간이었지만 타국에서 만나니 감회가 새로웠다.

5일 동안 오빠네 식구와 리즈 근교를 함께 여행했다. 그동안 추운 날씨 탓에 제대로 된 여행을 다니지 못한 우리 가족도 이참에 그동안 꼭 가고 싶었던 곳을 함께 다녔다. 여행 첫날은 리즈 북쪽에 있는 아름다운 마을 나스버러Knaresborough로 향했다. 대중교통과는 달리 차로 이동하니 굽이굽이 좁은 도로를 지나며 아름다운 자연경관을 감상할 수 있었다. 마치 물감으로 색칠해놓은 듯 선명한 초록색의 잔디가 펼쳐졌고, 잔디밭 위에 양과 말, 소들이 자연스럽게 풀을 뜯고 있는 모습이 보였다.

나스버러 성에 들어서자마자 나도 모르게 "우와" 하고 감탄사가 터져나왔다. 예상치도 못하게 그림 속에서만 볼 법한 경치가 눈앞에 펼쳐졌다. 엄청 높은 다리가 있고 그 밑으로 강물이 흐르고 있었다. 옆으로는 보트가 많이 세워져 있었다. 왼

나스버러 성에서 바라보는 아름다운 광경.

쪽으로는 나무들이 무성하게 자라 있고 오른쪽으로는 절벽 위로 집들이 촘촘히 세워져 있다. 저 집에 사는 사람들은 이 풍경을 매일 볼 수 있으리라는 생각에 괜스레 부러웠다. 매일 보는 일상이라 오히려 감흥이 없을까?

둘째 날은 새언니가 좋아하는 동화작가 베아트릭스 포터의 고향이자 영국인들이 가장 사랑하는 자연풍경을 품은 레이크 디스트릭트Lake Distrct에 갔다. 날씨는 여전히 우중충하고 언제라도 비가 내려도 이상하지 않을 만큼 영국스러웠지만 그렇기에 영국 본연의 날씨를 느끼기에 완벽했다. 첫날에는 우산을 꼭 들고 다녔던 오빠와 새언니도 변덕스러운 영국 날씨에 적응했는지 비가 내리면 모자를 푹 눌러 쓰고 걷는 것이 자연스러워졌다. 레이크 디스크릭트는 열여섯 개나 되는 호수와 산들로 둘러 쌓여 있는 아름다운 자연 그대로를 간직하고 있었다. 생각보다 꽤 넓은 이곳을 굽이굽이 차로 드라이브하면서 경치를 바라보는 것만으로도 추억을 남기기에 충분했다.

마지막 날은 리즈 근교에 있는 헤어우드 하우스Harewood House에 다녀왔다. 현재까지도 작위가 계승되고 있는 영국 귀족의 집이다. 수백 년 전에 지은 집 그대로의 모습으로 보존되고 있어 영국의 문화와 역사를 알기에 좋았다. 정문에서부터 하우스까지 끝도 없이 펼쳐진 정원을 걸어 들어가니 영국 귀족의 위엄이 느껴졌다. 이렇게 신분 계층이 명확하게 정해져 있고 영국사람들이 이를 있는 그대로 받

헤어우드 하우스와 정원.

아들인다는 것, 그리고 귀족집 자체도 은폐하지 않고 사람들에게 개방하는 것 모두 신선하게 느껴졌다. 헤어우드 하우스는 집 내부와 정원, 농장, 놀이터, 호수 등 하루 종일 시간을 보내며 영국 문화를 느끼기에 부족함이 없었다.

이렇게 5일 동안 친정오빠네 식구와 함께 즐거운 여행을 다녔다.

-
레이크 디스트릭트 힐탑 앞에서.

덕분에 우리 가족도 아직까지 가보지 못한 여행지를 함께 갈 수 있어서 좋았다. 그렇게 시간이 흐르고, 오빠네 식구가 떠나는 날이 왔다. 고작 1년 살이라 몇 개월 후면 만날 것임에도 이별은 쉬운 일이 아니다. 공항에서 배웅을 마치고 집으로 돌아와 텅 비어 있는 손님방을 보며 잠시 외로움과 고독함을 느꼈다. 나는 고작 1년뿐인데 이곳에서 가족과 떨어져 평생을 사는 이민자들은 얼마나 가족들이 그리울까 싶었다. 먼 곳에 떨어져서 지내니 가족에 대한 애틋한 마음이 커져만 간다.

나는 어렸을 때부터 여행을 좋아하고 타국살이에 대한 막연한 동경이 있었다.

'나도 가족이나 친척 중에 외국에 사는 사람이 있었으면' 하는 마음이 늘 있었다. 솔직히 말하자면 지인 찬스로 여행 한 번 더 가고 싶은 마음이랄까. 그 역할을 내가 할 수 있어서 참 감사했다. 오빠 가족이 한국으로 돌아간 뒤 남편의 절친한 친구들이 한차례 더 다녀갔다. 두 번째 손님맞이라 처음보다 훨씬 능숙하게 손님을 맞이할 수 있었다. 시간이 지나고 보니 영국에서 지인들과 함께했던 이 시간들이 참 좋았다. 한국으로 돌아와 만나면 웃으면서 함께할 수 있는 추억이 있어 행복했다.

리즈 근교 추천 여행지

· 해러게이트Harrogate: 온천과 꽃의 도시
· 나스버러 성Knaresborough Castle: 아름다운 니드Nidd 강을 한눈에 내려다볼 수 있는 요새
· 헤어우드 하우스Harewood House: 18세기 영국 후반 건축과 예술을 엿볼 수 있는 대저택
· 스카버러Scarborough: 노스요크셔 주의 해안에 자리 잡은 휴양도시
· 휘트비Whitby: 노스요크셔 주에 있는 항구도시
· 요크York: 영국의 역사도시. 요크 민스터, 요크 성벽, 기차박물관, 아울렛 등 가볼 만한 곳이 많은 관광도시.
· 솔트 방직소Salts Mill: 데이비드 호크니의 고향. 이전에는 방직공장이었으나 현재는 갤러리로 운영
· 레이크 디스트릭스Lake District: 잉글랜드 북서부에 위치한 16개의 호수와 아름다운 경관을 자랑하는 영국의 대표 관광지

7.
또 방학이라니

1월 중순부터 하은이는 하루에 세 시간씩 공립 널서리에 다니고 있다. 매일같이 두 아이를 데리고 집으로부터 10분 정도 걸리는 널서리에 왔다 갔다 하는 것이 일과 중 하나가 되었다. 가족기숙사에 리프트가 없다 보니 집에서 하진이는 안은 채 유모차를 들고 계단을 내려와 유모차에 하은이를 태우고 널서리로 간다. 하루에 20분씩 총 두 번을 걷는다. 처음에는 아이 둘을 데리고 다니기가 체력적으로 고단했는데 이것도 하다 보니 자연스럽게 처음보다 많이 수월해졌다. 그렇게 하은이를 널서리에 보낸 시간 동안 하진이가 낮잠이라도 자주면 커피 한 잔 하면서 혼자만의 시간을 보낼 수 있다. 나에게는 선물 같은 시간이다. 이 꿀 같은 시간에 영국식 디저트와 커피 한 잔을 마시며 육아와 살림에서 잠시 해방감을 느낄 수 있었다.

만 3세인 하은이가 영국에 와서 공립 널서리에 다니게 됐다 하니 지인들은 하은이의 영어 실력에 대해서 궁금해하곤 했다.

"하은이 영어는 좀 늘었어?

아이들 영어교육에 관심이 많은 엄마들의 공통 관심사다. 글쎄. 드라마틱한 영어 실력 향상을 기대하고 질문하는 것이겠지만 사실 1년 사이에 눈에 띄게 영어가 늘었는지는 잘 모르겠다. 분명한 건 영어에 익숙해졌고 듣기 실력이 조금 향상됐다는 정도이다. 아이들 성격마다 다르겠지만 하은이의 경우에는 널서리에 다니는 동안 꿀 먹은 벙어리로 지내는 편이었다. 선생님과 친구들의 영어 문장은 알아듣고 행동으로 정확하게 반응했지만 적극적으로 영어로 말하지는 않았다. 널서리에 다닌 지 반 년 정도 지나자 겨우 조금씩 영어 단어를 말하기 시작한 정도였다.

한번은 하은이와 함께 공원에 가서 테이블에 앉았는데 옆 테이블의 또래 아이를 쳐다보더니 이렇게 말했다.

"이제 저 친구는 아이스크림 사러 가나봐."

그리고 하은이의 말이 끝나자마자 정말 옆 테이블의 아이가 엄마 손을 잡고 아이스크림을 사러 가는 것이었다. 자연스럽게 대화를 알아듣는 하은이를 보니 아직도 영국사람들 앞에서 바짝 긴장하는 엄마보다 낫다는 생각이 들었다. 모두가 기대하는 드라마틱한 영어 실력 향상은 없었지만 아이이기 때문에 흡수력이 빠른 것은 분명했다.

그럼에도 영어교육 때문에 넌지시 물어보는 엄마들에게는 이렇게 대답한다.

"조기유학을 오려거든 리셉션(만 4세) 이후에 오면 좋을 것 같아."

널서리는 하루에 고작 세 시간이지만 리셉션부터는 하루 종일 학교에서 시간을 보내게 된다. 아무래도 영어노출 시간이 상대적으로 길고, 그보다 어린 아이들에 비해 언어 습득력이 뛰어나 영어가 눈에 띄게 느는 경우가 많다.

영국 교육과 한국 교육의 큰 차이점으로 방학을 꼽는다. 정말 유난히 방학이 많다. 하은이가 이제 좀 널서리 생활에 적응될 만하면 어김없이 방학이 찾아왔다.

"또 방학이라니."

2월엔 하프텀, 4월엔 이스터, 5월엔 홀리데이, 6월엔 하프텀, 7월엔 여름방학. 거의 학교 가는 날이 반, 방학이 반이다. 한국에서 왜 나는 고작 일주일간의 어린이집 방학을 고민했던 것인가. 이 나라 사람들은 이토록 잦은 방학이 자연스러운 것일까? 널서리뿐 아니라 학교도 방학은 동일하다. 정말 이곳은 아이들과 선생님의 천국인 것이 분명하다.

널서리 방학을 어떻게 보낼까? 잦은 방학을 어떻게 보내야 할지 항상 고민스러웠다. 운이 좋게 널서리 방학과 남편 방학이 맞아떨어지면 근교로 유럽 여행을 다녀왔다. 남편이 학업 중일 때는 온전히 육아를 나 혼자 담당해야 했다. 그럴 때면 보통은 리즈시티박물관에서 시간을 보냈다. 영국은 아이들을 위한 박물관 프로그램이 활성화

–
하프텀에 리즈시티박물관에서 액티비티 중인
하은이와 하진이.

되어 있다. 영국 어느 박물관이나 그러하겠지만 리즈 시내에 있는 리즈시티박물관은 아이들의 방학을 맞아 특별한 프로그램을 진행하곤 했다. 방학마다 주제가 달라지고, 주제에 맞는 활동이 진행되었다. 박물관 내부 큰 홀 안에 너댓 개의 테이블이 세팅되고, 주제에 맞게 아이들이 할 수 있는 만들기, 그리기, 색칠하기 등 다양한 소근육 활동들로 구성되어 있다. 테이블을 돌아다니며 만들기를 완성하고, 위층에 마련된 실내공간에서 시간을 보낼 수도 있다. 시간 맞춰 가면 스토리텔링이나 인형극을 관람할 수도 있다.

널서리 방학 때면 느지막이 일어나 아이들과 아침 겸 점심을 챙겨 먹고 박물관에서 간식으로 먹을 핫도그를 만들었다. 그리고 여유 있게 외출 준비를 마치고 유모차를 끌고 리즈 시내로 나갔다. 처음에는 겁이 나던 남편 없는 외출도 어느새 자연스러워졌다. 막연했던 두려움이 사라지고 익숙한 일상이 되었다. 아이들은 두 시간 정도 박물관 활동에 참여하고 지하 커피숍에 마련된 공간에서 핫도그를 먹었다. 이곳은 도시락을 먹을 수 있는 공간으로 옆에는 작게나마 아이들의 장난감이 준비되어 있어 편안하게 식사를 할 수 있다. 이렇듯 잦은 방학이지만 지역사회에 이용할 수 있는 프로그램들이 적지 않아 감사하게도 방학을 심심하지 않게 보낼 수 있었다.

그럼에도 방학이 짧은 한국이 그리운 건 어쩔 수 없는 일이다.

영국의 학제방학 기간

* 2018년 리즈 기준

Holiday	close	open
Summer	2018.7.25	2018.9.3
Autumn mid-term	2018.10.26	2018.11.5
Christmas	2018.12.21	2019.1.7
Spring mid-term	2019.2.15	2019.2.25
Easter	2019.3.29	2019.4.15
Easter Weekend	2019.4.18	2019.4.23
May Bank Hoilday	2019.5.3	2019.5.7
Summer mid-term	2019.5.24	2019.6.3
Summer	2019.7.25	2019.9.3

8.

이곳은 여자들의 해병대

살림에 전혀 소질이 없는 나는 결혼한 지 만 4년이 지났지만 제대로 할 수 있는 요리가 거의 없었다. 나름 핑계를 대자면 한국에서는 친정과 시댁 찬스, 배달과 외식으로 매 끼니를 해결하기에 충분했기 때문이다. 이런 찬스를 쓸 수 없는 영국에 가면 살림을 오롯이 내가 감당해야 하는데 우리 네 식구 잘 먹고살 수 있을까 걱정이 되었다.

영국에 와서 새로 사귄 언니로부터 들은 명언이 있다.

"이곳은 여자들의 해병대야!"

이곳에 살다 보면 불가능한 것이 없다고 한다. 외식 물가가 장바구니 물가보다 네 배 정도 비싼 영국에서 우리는 보통 집에서 끼니를 해결했다. 외출을 하더라도 집에서 점심을 먹고 나갔다가 볼일을 보고 집으로 다시 돌아와 저녁을 해결했다. 장시간 외출을 할 때는 간단하게 샌드위치나 핫도그를 싸서 다녔다. 어차피 나가서 사먹는 음식도 샌드위치, 햄버거, 피시앤칩스 정도였기 때문에 도시락을 싸는 것과 별반 차이가 없었다.

영국에서 1년 동안 산다고 시어머님께서 챙겨주신 고춧가루가 큰 봉지로 한가득이었다. 한국에서는 1년이 다가도록 시댁에서 얻어온 고춧가루 한 통을 다 쓴 적이 없었다. 사실 결혼하고 4년이 지나도 고춧가루 한 통을 다 쓰지 못했다. 매운 음식을 할 때 가끔 한 숟가락 정도 넣는 것 외에 쓸 일이 별로 없었기 때문이다.

'과연 이 많은 고춧가루를 다 쓸 수 있을까?'

겨우 이곳에서 1년 살 뿐인데 고춧가루 양이 너무 많았다. 김치를 한 번도 담가본 적 없는 나는 이때만 해도 김치를 담글 생각은 전혀 하지 않았다.

'내가 그 어려운 김치를 어떻게 담가?'

막연하게 어렵다고만 생각했다. 영국에 머물면서 한식 사랑은 점점 더해만 가고 시판 김치를 계속 사먹기는 부담스러운 찰나 한글학교에서 만난 언니가 말했다.

"일단 배추 한 포기부터 시작해봐. 한 포기 두 포기 점차 늘려가는 거야."

"김치는 맛없다 싶으면 딱 랩을 씌운 다음 사흘 동안 절대 건드리지 마. 그럼 다 맛있어지더라."

생각보다 망할 확률이 적다는 언니들의 말에 용기를 얻고 김치 담그기에 도전해보았다. 막상 해보니 정말 생각보다 쉬웠다. 배추를

씻고 자르는 일에 손이 많이 갈 뿐 절인 뒤에 양념만 버무리면 끝이었다.

그런데 김치를 담그려고 하니 집에 배추를 절일 큰 통이 없다. 큰 통이 뭐가 있을까 고민하다가 냉장고 제일 밑 야채칸을 겨우 생각해냈다. 이 정도면 배추 네 포기를 절이기에 충분했다. 나는 한 포기 두 포기 점차 늘려 나중에는 네 포기씩 담았다. 경험해보지 않아 막연하게 김치 담기기가 어렵다고 생각했는데 해보니 할 만했다. 심지어 내가 담근 김치가 맛있기까지 했다. 김치 하나만 있어도 반찬 걱정이 줄기 때문에 나는 영국에 사는 내내 김치를 직접 담가 먹었다. 하루 세 끼를 집에서 해결하다 보니 배추 네 포기를 담그면 딱 2주면 동이 났다. 그렇게 뚝딱뚝딱 김치를 만들다가 자신감을 얻은 나는 겉절이, 깍두기, 무생채, 오이김치 등 구할 수 있는 식재료들로 다양한 김치에 도전해보았다.

요리에 '요'자도 모르는 내가 김치를 담가 먹다니! 내가 참 대견하게 느껴졌다. 영국에 오지 않았다면 아마 평생 하지 않았을 것이다. 새롭게 시도한 요리가 어디 김치뿐인가. 우리 부부가 제일 좋아하는 음식은 양념통닭이다. 남편 월급날은 양념통닭 배달시켜 먹는 날로 지정해놓을 만큼 좋아했다. 영국에 가면 1년 동안 양념통닭을 못 먹어서 어떡하나 걱정도 되었다. 아니나 다를까 영국에 오니 후라이드 치킨은 쉽게 구할 수 있었지만 한국식 양념통닭은 어디서도 볼 수 없었다.

목마른 사람이 우물을 파는 것이 맞다. 생닭을 사서 튀김가루를 묻혀 튀기고, 레시피를 찾아 양념을 만들어 버무렸다. 그럴싸하게 양념통닭이 완성됐다. 그렇게 우리 부부는 영국에서도 양념통닭을 종종 해먹었다. 요리도 하다 보니 늘었다. 하루 삼시세끼 모두 집에서 해결해야 하니 뒤돌아서면 밥을 해야 했다. 우리 부부 음식, 하은이 음식, 하진이 이유식까지 따로 만들어야 했다. 나는 집에 있는 시간의 반 이상을 싱크대 앞에서 보냈다. 요리하고 먹고 설거지한 뒤 조금 쉬면 다시 배가 고팠다.

한국 식재료들은 구하기가 어려웠지만 비슷한 것들을 구해서 먹고 싶은 한식요리를 해먹었다. 그럼에도 참 맛있었다. 오징어볶음, 새우튀김, 된장찌개, 홍합수제비, 부대찌개, 김치찌개, 오징어초무침, 모빌소바 등 갈수록 할 수 있는 음식이 늘어갔다. 그렇게 나의 요리솜씨는 일취월장했다. 매 끼니를 집에서 해결하고, 4인 가족 빨래를 하루에 한 번씩 돌리고, 아이들이 자고 나면 청소를 하고, 밤새 열 번 이상 깨는 하진이를 달래가며 그렇게 1년을 보냈다. 막상 적고 보니 주부라면 누구나 해낼 수 있는 일처럼 느껴진다. 그럼에도 살림에 전혀 흥미가 없는 나에게는 정말 대단한 일이었다. 이렇게 나는 1년 동안 스스로 생존 살림을 배워나갔다.

나뿐만이 아니었다. 영국에서 알게 된 언니들을 보고 있노라면

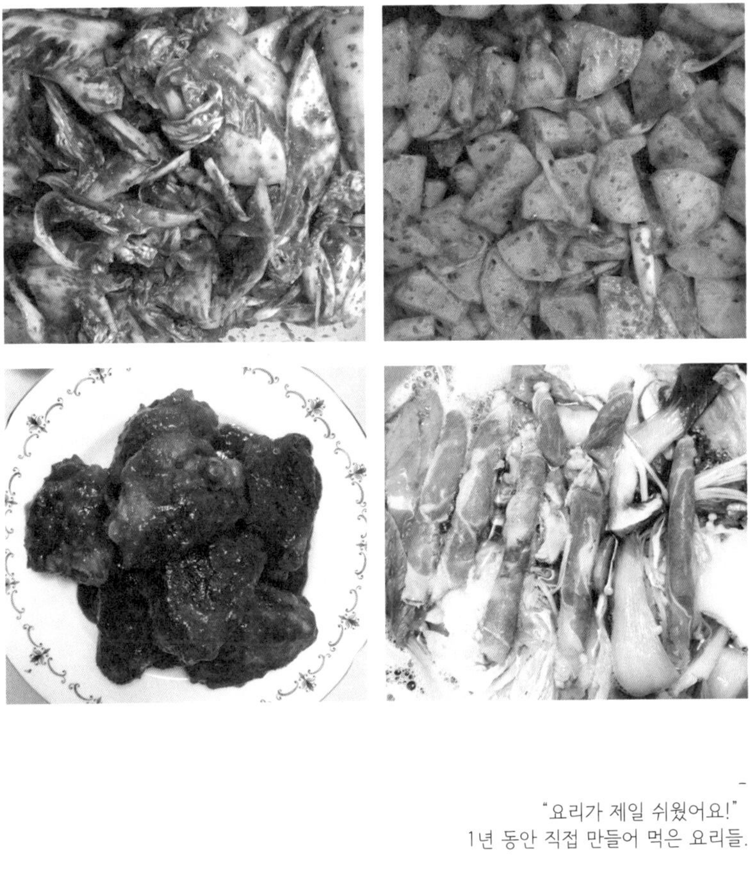

"요리가 제일 쉬웠어요!"
1년 동안 직접 만들어 먹은 요리들.

'여자들의 해병대'라는 말이 더욱 실감났다. 정원에서 열무를 직접 키워 열무김치를 담가 먹는 언니도 있고, 집에서 콩나물을 키워 매일같이 콩나물국, 콩나물밥, 콩나물무침을 해먹는다는 언니도 있었다. 봄이 되면 여기저기 피어오르는 명이나물을 뜯어 갖가지 요리를 해서 먹었다. 집에서 탕수육은 기본이고 깐풍기까지 온갖 중식을 섭렵한 언니도 있었다. 한국에서 공수해온 냉동순대로 순대국밥도 만들어내는 만능 요리사였다. 중요한 건 이들도 영국에 오기 전까지는 초보 요리사였다는 사실이다.

그렇게 이곳에 머무는 주부들은 자연스럽게 요리 고수가 되어갔다. 영국에 와서 얻은 수확 중 하나가 평생 배울 살림을 이곳에서 스스로 배웠다는 것이다. 한국에 돌아가서 계속 이렇게 하게 될지는 나도 잘 모르겠지만 말이다.

9.
남편과의 둘만의 데이트

영국에서 살면서 가장 소중한 인연을 꼽으라면 나는 망설이지 않고 J커플을 말할 것이다. 우리 가족에게 이 커플은 마치 하늘에서 뚝 떨어진 선물 같다. 영국에 꽤 오래 머문 이 커플은 영국 생활에 대해서는 만능박사여서 영국에 갓 와서 어설픈 우리 부부에게 많은 꿀팁을 제공해주었다. 특히 J는 언제든지 불러서 함께 수다를 떨 수 있는 내 유일한 친구이자 아이들이 아플 때면 늦은 밤이고 이른 새벽이고 마다하지 않고 도움을 주는 천사였다.

우리 아이들에게도 J커플은 낯선 나라에서 가족의 정을 느낄 수 있게 따뜻한 사랑을 넘쳐흐르게 주던 이모와 삼촌이었다. 미술사를 전공한 J는 하은이에게 수요일마다 영국식 미술수업을 진행해주었다. 친구도 몇 명 없는 이곳에서 하은이는 이모와의 미술수업을 손꼽아 기다렸고 이 시간을 통해 새로운 경험을 쌓았다. 엄마가 해줄 수 없었던 부분까지 이모가 채워준 것이다. 그렇게 수요일이면 미술

수업이 진행되었고 특별한 일이 없는 한 두 식구는 저녁식사를 함께 했다.

어느 날 이 천사 같은 커플이 말했다.

"언니, 그동안 아이들 보느라 고생 많으셨는데 오빠 시험 끝나고 나면 데이트 다녀오세요. 저희가 아이들 봐드릴게요."

우와, 정말 감동이다. 남편과 둘만의 데이트를 언제 했는지 기억이 가물가물하다. 한국에서도 양가 부모님이 멀리 사셨기 때문에 아이들이 태어난 후에는 항상 복작복작 아이들과 함께 시간을 보냈다. 가족 없는 영국에서 당연히 남편과의 데이트는 꿈도 꾸지 않았던 일이다. 아직 아이도 없는 신혼부부가 어쩜 이런 생각을 했을까 싶다. 몇 번을 등 떠밀어준 덕분에 남편과 나는 영국에서 둘만의 데이트를 하게 되었다.

남편이 다니고 있는 리즈대학교는 도서관이 유명하다. 아이들과 늘 함께였기 때문에 학교 외부만 돌아다녔지 실내는 구경을 해본 적이 없었다. 남편과의 첫 데이트는 리즈대학교 도서관부터 시작했다. 사실 이곳으로 오기 전에 리즈대학교를 검색해봤을 때 도서관이 가장 먼저 검색되었다. 영화 〈해리 포터〉에 나올 법한 도서관이 인상적이었다. 한 번쯤 직접 보고 싶었는데 이렇게 남편과 함께 도서관에 들어왔다. 실제로 보니 역시 웅장하고 고풍스럽다. 이곳에서 종종 공부를 해온 남편은 이곳저곳을 자세하게 설명해주었다. 여기저기 앉아서 공부하는 학생들이 보인다. 애기 엄마인 나는 저렇게 혼자 앉아 도서관에서 공부하고 있는 사람마저 너무 부럽다. 나도 이곳에서 딱 한 시간만 앉아 책 냄새 맡으면서 학생이라는 신분으로 공부할 수 있으면 얼마나 좋을까 싶다. 이 멋진 곳에서 공부하는 남편이 새삼 부럽고 멋있어 보인다.

우리 부부에게 찾아온 몇 시간의 자유다. 아이들 없이 무엇을 할까? 고민 끝에 영화를 보기로 했다. 리즈도서관을 지나 리즈 시내로 걸어갔다. 아이들 없는 외출이라 들뜬 마음으로 평소 잘 입지 않는 치마를 찾아 입었다. 하지만 영국은 오늘도 화창한 날씨 대신 비가 추적추적 내린다. 비가 좀 오면 어떠하리, 남편과 둘뿐인 것만으로도 한껏 들떴다.

리즈 시내 트니리티 쇼핑몰에 있는 에브리맨 영화관Everyman Cinema에서 〈알라딘〉을 보기로 했다. 영국에서의 첫 문화생활이다. 프리미엄 영화관이기 때문에 입장료는 한 사람에 13.5파운드(2만 원)로 다소 비싼 편이다. 대신 프리미엄 영화관답게 서비스가 특별하다. 영화관 입구에서부터 직원의 안내로 입장하게 된다. 스낵바에서 메뉴를 확인하고 주문을 하면 영화관 자리까지 서빙을 해준다. 영화관 자리도 직접 찾아가는 것이 아니라 직원의 안내를 받게 되고, 자리도 푹식푹신한 소파다.

아이들 없이 남편과 둘이 데이트를 하니 참 좋구나. 연애하는 것

–
리즈대학교 도서관에서.

처럼 남편과 함께 사진도 남겨보았다. 여유롭게 앉아 영화를 보니 기분이 새롭다. 영화가 끝나고 파이브 가이즈five guys에서 버거를 먹었다. 파이브 가이즈는 유명한 버거 맛집이라 익히 알고 있었는데 방문은 처음이다. 아이들과 함께 온다면 절대 앉지 않을 것 같은 창가 높은 테이블 자리에 앉았다. 남편과 나란히 앉아 넓은 창밖으로 내리는 비를 바라보며 여유롭게 버거와 밀크쉐이크를 먹었다.

남편과 함께한 이 달콤한 시간이 감사하다. 다행히 아이들도 이모와 삼촌과 함께 즐거운 시간을 보내고 있었다. 기특한 아이들과 고마운 커플. 타국에서 이런 귀한 인연을 만나게 된 건 정말 행운이다.

여름

Summer

WHOOSH!

1.
역시 바비큐가 최고

야호! 드디어 더할 나위 없이 좋다는 영국의 여름이 오고 있다. 얼마나 기다리고 기다렸던 여름인가. 영국 날씨를 흐리거나 비 오는 날씨로만 기억하는 사람들도 많겠지만 영국의 여름은 그야말로 환상적이다. 평균 기온이 20도 정도의 기온을 유지해서 견디지 못할 정도로 덥지도 않고 습도 또한 높지 않아 후덥지근하지도 않다. 양달에 있으면 따뜻한 햇볕을 쪼일 수 있고 응달에 있으면 솔솔 불어오는 시원한 바람이 피부에 와 닿았다. 정말 딱 좋은 날씨다. 한국의 더운 여름을 피해 여행을 하고 싶다면 이맘때 영국 여행이 단연 최고인 것 같다.

마트에 가면 여름이 오고 있음을 확연히 알 수 있다. 날씨가 화창해지기 시작하자 마트 입구 앞에 인스턴트 불판이 진열된다. 그리고 여름 내내 마트 입구 자리를 지키던 불판은 찬바람이 불어오기 시작하면서 감쪽같이 사라진다.

-
가족기숙사 정원에서 바비큐 파티를!

여름 내내 우리 가족이 즐겨 사용하던 인스턴트 불판은 한국에 공수해오고 싶은 마음이 들 정도로 핫 아이템이었다. 마트에서 2파운드(3,000원)에 구매할 수 있는 이 불판은 가격마저 마음에 쏙 들었다. A4 크기 정도인데 숯과 불판이 들어 있어 바로 불을 붙여 고기를 구워 먹을 수 있다. 한국에서 캠핑을 가서 고기 한 번 구워 먹으려 하면 이것저것 준비물이 많아 번거로운 것에 비해 세상 간단하고 편리했다. 일회용이기 때문에 사용한 다음에 씻을 일도 없으니 말이다.

구름 한 점 없이 맑은 어느 여름날 우리는 처음으로 바비큐 파티를 하기로 했다. 가까운 지인과 함께 우리가 살고 있는 가족기숙사 정원에서 말이다. 마트에서 통삼겹살 네 팩을 사고 과일, 채소, 음료 등 먹을거리를 샀다. 처음으로 인스턴트 불판을 사용하기 때문에 남편들은 미리 내려가 불을 붙이기로 하고, 나는 집에서 먹을거리를 준비했다. 하얀 쌀밥을 도시락통에 담고 은박지로 접시를 만들어 콘치즈 재료를 담았다. 고기와 함께 먹을 오이양파장아찌와 겉절이도 잊지 않고 챙겼다. 아이들은 바비큐를 준비할 동안 정원에서 그네를 타거나 공놀이를 하며 자유롭게 뛰어놀았다.

준비를 마치고 정원으로 내려갔다. 울창한 벚꽃나무 앞에 덩그러니 놓여 있는 테이블에 핑크색 식탁보를 깔고 나니 분위기가 한결 좋아졌다. 불을 붙이는 데 실패할 확률이 높다는 인스턴트 불판에 성공적으로 불을 붙이고 삼겹살과 콘치즈를 구웠다. 드디어 노릇노릇 삼겹살이 구워졌다.

"우와, 진짜 맛있다!"

숯불에 구운 삼겹살을 한입 먹고 나니 맛있다는 소리가 절로 나왔다. 집에서 오븐에 구워 먹던 삼겹살과는 전혀 다른 맛이다. 그야말로 불맛이 더해져 한층 더 맛있다. 이 불맛을 본 이후로 집에서 구워 먹는 삼겹살이 이전과 같이 맛있게 느껴지지 않는다는 단점을 제외하고, 바비큐의 분위기와 맛 모두 완벽했다. 이날 이후로 날씨만 좋았다 싶으면 집 앞 정원에서 바비큐 파티를 열었다.

나가지 않으면 손해보는 것 같이 느껴지는 어느 화창한 주말에 리즈 근교에 위치한 골든 에이커 공원Gold Acre park에서 지인들과 함께 바비큐 파티를 하기로 했다. 영국에서 이렇게 햇볕이 짱짱한 날에는 집에만 있어서는 절대 안 된다. 하다못해 길을 지나가다 보면 집 앞 정원에 누워 광합성을 하고 있는 사람들도 종종 볼 수 있다. 한국 공원에서는 그늘 아래에만 사람들이 옹기종기 모여 있는 반면 이곳 영국사람들은 드넓은 잔디밭에 햇볕이 따사롭게 내리쬐는 곳에만 자리를 잡고 앉아 있는 모습을 볼 수 있다.

공원 입구에서 세 가족이 만났다. 함께 공원 풍경을 보며 바비큐를 할 만한 장소를 찾았다. 맑은 날씨 덕에 이미 이곳저곳에서 바비큐가 시작되고 있었다. 넓은 잔디밭과 잎이 풍성한 나무들로 적당히 그늘진 곳에 자리를 잡았다. 인구밀도가 낮은 소도시라 어딜 가도 붐

골든 에이커 공원에서 뛰어노는 아이들.

비지 않아 좋다.

공원 중간에 위치한 호숫가를 거닐었다. 아이들이 빵부스러기를 오리에게 던져주고 있다. 나는 벤치에 앉아 한참 동안 호수를 바라보았다. 이 평화로운 풍경이 왜인지 모르게 오래오래 기억에 남을 것만 같았다. 자연에는 이러한 보이지 않는 힘이 있는 것 같다.

시간이 흐르고 배고픔을 느껴 자리로 돌아와 본격적으로 바비큐 파티를 시작했다. 테이블 위에 잊지 않고 핑크색 식탁보를 깔아 피크닉 분위기를 연출하고, 각자 집에서 가져온 음식을 꺼내 세팅했다. 삼겹살 여섯 팩, 샐러드, 상추와 오이, 쌈장, 양파, 과일, 마늘장아찌, 갈치속젓 양념, 라면 등 한 끼 식사로 차고 넘칠 만큼 충분한 양이다.

영국에서 갈치속젓이라니! 함께 온 지인이 한국에서 공수해온 귀한 갈치속젓이다. 바삭하게 구운 삼겹살을 갈치속젓에 찍어 먹으니 이보다 더 맛있을 수 없다.

우리 옆 테이블에 자리 잡은 사람들을 보니 바비큐 스케일이 남달랐다. 기다란 꼬챙이에 고기를 끼워 숯불에 굽는 방식으로 이란식 바비큐라고 했다. 고기가 다 익어갈 즈음 소스를 덧바르고 바삭하게 좀 더 익혔다. 고기양념은 플레인 요거트, 오일, 다진 양파, 소금, 후추, 레몬, 파프리카 가루 등을 재료로 사용한다고 한다. 구우면서 간간히 덧발라주는 소스는 파프리카 가루와 버터를 넣고 끓여서 기름을 만든 것이라고 친절하게 설명해주었다. 고기가 다 익자 우리에게 한 번 맛보라며 고기를 조금 건넸다. 우리는 무엇을 줄까 고민하다 후식으로 챙겨온 컵라면을 나눠줬다. 이렇게 서로 다양한 문화를 자연스럽게 주고받을 수 있으니 좋았다. 옆 테이블 아이와 금세 친해진 아이들은 함께 잔디밭을 뛰어다니고 주변에 피어있는 꽃과 떨어진 나뭇가지를 가지고 놀며 즐거워했다.

맑은 하늘과 시원한 바람, 드넓은 잔디와 울창한 나무, 깊은 호숫가에 평화로이 떠 있는 오리 등 사람의 손을 거치지 않고 거저 주어지는 자연들이 참 감사하게 느껴지는 하루였다.

그렇게 여름 내내 바비큐 파티를 즐겼다. 우리 삶의 활력소가 되어준 자연 속의 바비큐 파티가 그립다.

2.
누가 영국음식이 맛없다고 했는가!

"영국음식 진짜 맛없는데……."

유난히 먹을 것을 좋아하는 나의 식성을 잘 알고 있는 주변 지인들의 반응이었다. 대체 얼마나 맛이 없기에 영국을 다녀온 사람들 대부분이 이런 악평을 할까 궁금했다. 영국에서 우리 가족은 보통 마트에서 식재료를 사서 요리를 직접 해서 먹었다. 그렇다 할지라도 어쨌든 식재료는 대부분 영국산이다. 우리 부부가 입맛이 까다롭지 않아서일까? 영국에서 우리는 매 끼니가 만족스러웠다. 영국에서 만나는 한국사람들에게도 종종 질문을 받았다.

"이곳 음식은 정말 맛이 없죠?"

그럴 때마다 우리 부부는 손을 절레절레 흔들며 말했다.

"그래요? 저희 입맛에는 너무 맛있더라고요."

감사하게도 이구동성 맛없다는 영국음식과 식재료가 우리에게는 이상하리만큼 맛있게 느껴졌다. 고기반찬이 없으면 허전해할 정도로 고기를 좋아하는 우리 부부는 영국에서 마트를 갈 때마다 행복했다. 질 좋고 많은 양의 고기를 한국에 비해 훨씬 저렴한 가격으로 살 수 있으니 말이다. 마트에 갈 때마다 신이 나서 장바구니에 고기를 종류별로 담았고, 집으로 돌아와 다양한 방법으로 요리를 해먹었다. 오븐에 굽기도 하고 직접 기름에 튀기기도 하고 에어프라이어를 사용하기도 했다.

아직도 아기처럼 우유를 많이 마시는 남편에게는 영국에서의 장보기가 더할 나위 없이 좋았다. 신혼 때 하루에 1리터 우유 두 통을 마시는 남편을 처음 보고 나는 깜짝 놀랐다.

"남편 우윳값이 신생아 한 명 키우는 분유 값이네."

우스갯소리로 이런 말을 할 정도였다. 그렇게 우유를 좋아하는 남편에게는 영국이 천국이었다. 2리터 큰 통에 담긴 우유가 1.15파운드(1,700원)였다. 가격도 한국의 3분의 1이지만 맛도 담백하고 고소했다. 남편은 1년 동안 원 없이 우유를 마셨다.

밥보다 디저트를 좋아하는 나에게 영국의 티 문화와 디저트는 적격이었다. 영국의 대표 디저트 중 하나인 스콘Scone은 어느 곳을 가든지 눈에 띄었다. 이전에는 스콘에 대한 인식이 좋지 않았다. 나에게 스콘은 그저 딱딱하고 맛없는 빵이었다. 그런 까닭에 영국에 와서 이곳저곳에서 자주 보아도 선입견 때문에 선뜻 손길이 가지 않았다. 그런데 한번은 지인과 함께 분위기 좋은 카페에서 스콘을 먹어

\-
영국 전통 에프터눈 티.

볼 기회가 생겨 처음으로 한입 베어먹었다.

웬걸, 이렇게 맛있을 수가!

내가 지금껏 알고 있던 스콘이 아니다. 겉은 바삭하고 속은 촉촉하고 부드러웠다. 스콘을 반으로 잘라 딸기잼과 클로티드 크림Clotted Cream을 듬뿍 발라 한입 먹어보니 입안에서 사르륵 녹는다. 세상에 이렇게 맛있는 빵이 있다니!

스콘과 딸기잼, 클로티드 크림의 궁합은 환상적이었다. 이날부터 나는 스콘과 사랑에 빠졌다. 카페에 가면 언제나 커피나 티와 함께 스콘을 먹었고, 막스앤스펜서에 갈 때면 어김없이 스콘을 몇 개씩 사왔다. 그렇게 매일같이 커피, 홍차와 함께 영국 디저트를 맛보는 것이 하루 일과 중 하나가 되었다.

영국의 대표적인 음식은 모두가 알다시피 피시앤칩스다. 피시앤칩스 또한 나에게는 기름에 튀긴 생선튀김에 불과했다. 맛있어 봤자 거기서 거기지 하는 생각이 있어 피시앤칩스에 대한 특별한 기대감이 없었다.

우리가 살고 있는 요크셔 주Yorkshire에만 있는 100년 전통의 베티스 티룸Bettys Tea Room에 갔을 때의 일이다. 이곳에서는 에프터눈 티 세트와 다양한 메인 요리도 맛볼 수 있다. 워낙 유명한 곳이라 식사도 하고 디저트도 먹기로 하고 피시앤칩스를 주문했다.

오잉, 지금까지 먹은 피시앤칩스는 뭘까 싶을 정도로 새로운 맛이었다. 같은 음식이라도 누가 요리를 하고 어디서 먹느냐가 이렇게 중요하다는 것을 다시 한 번 깨달았다. 우리나라에서 그 흔한 된장찌개도 누가 끓였느냐에 따라 맛이 천차만별이지 않는가. 바삭한 생선과 감자튀김과 함께 나온 으깬 완두콩Mushy Peas조차 달콤하고 고소했다. 이곳에서 함께 피시앤칩스를 먹은 친정오빠는 누가 영국음식에 대한 악평을 하면 이렇게 대답한다고 한다.

"그건 정말 맛있는 곳에서 못 먹어봤기 때문이야."

이날 이후로 나에겐 피시앤칩스도 맛있는 음식이라는 인식이 생겼다. 단 맛있는 곳에서 먹는다면 말이다.

영국에서 전통음식을 제외하더라도 다양한 아시안 푸드를 맛볼 수 있다. 대부분의 아시안 레스토랑은 현지인들이 요리하는 경우가 많기 때문에 생각 이상으로 퀄리티가 좋다. 영국 여행을 가게 된다면 한 번쯤 아시안 레스토랑을 방문해보기를 권하고 싶다. 뉴캐슬의 한 인도 레스토랑에서 그린커리를 먹었는데 그렇게 부드럽고 맛있을 수가 없었다.

왜 우리 가족이 가는 곳은 다 맛있단 말인가? 우리가 식성이 유달리 좋은 건지 사람들이 영국음식의 진가를 몰라보는 건지 여전히 알 수 없다. 다만 우리 가족은 걱정과는 달리 1년 동안 맛있는 음식을 먹으면서 풍족한 영국 생활을 누렸다는 사실이 감사할 뿐이다.

베티스 티룸에서 먹은 잊지 못할 피시앤칩스.

3.
이곳이 진정한 글로벌 핫 플레이스

우리 가족은 1년 동안 리즈대학교 가족기숙사에 거주했다. 영국에서 집 구하기가 여간 힘든 일이 아니라고 들었는데 덕분에 수고로운 일을 피해갈 수 있었다. 가족기숙사는 인기가 있어 3~4월에 마감되는 경우가 많다. 개강이 코앞인 8월에 신청한 우리가 가족기숙사에 당첨된 것은 정말 기적 같은 일이었다.

가족기숙사를 이용하면 여러 장단점이 있다. 장점으로는 기본적인 가전, 가구가 구비되어 있기 때문에 목돈을 들여 새로 구매할 필요가 없다는 것이다. 장기간 거주한다면 취향에 맞게 구매하는 편이 좋겠지만 우리처럼 단기간 거주하는 사람한테는 큰 혜택이 아닐 수 없다. 또한 하자 보수에 대한 스트레스로부터 자유로울 수 있다. 영국은 대부분 오래된 집이라 보수해야 할 일이 종종 생기는데 하나하나 연락하고 수리하는 일이 만만치 않다. 우리가 거주한 가족기숙사는 유니폴Unipol이라는 사설업체에서 때마다 와서 직접 집 관리를 해주었다. 예를 들어 화장실 샤워커튼을 갈아준다거나 전등도 갈아주었다. 누군가의 보호를 받으며 산다는 것이 참 포근하고 편안하게 느껴졌다.

영국에 거주하면서 지인들의 집을 방문하는 일이 종종 있었다. 대부분 우리가 살고 있는 플랏 형태가 아니라 하우스House에서 거주하고 있었다. 하우스란 내가 생각하는 전형적인 외국집이었다. 이층 건물에 앞과 뒤에 정원이 있고 차고가 딸려 있다. 보통 이런 하우스는 1층은 거실, 다이닝룸, 주방, 화장실로 구성되어 있고, 2층에는 침실과 화장실이 있다. 영화 〈어바웃 타임〉이나 〈러브 액츄얼리〉에 등장하는 전통적인 영국 집을 생각하면 된다.

"아, 나도 이 기회에 이런 전원주택에서 한 번 살아볼 걸."

외국생활에서 누려볼 수 있는 하우스 생활을 하지 못해 아쉬움도 남았다.

우리가 살고 있는 가족기숙사에는 아홉 가구가 살았다. 모두 부모 중 한 명이 리즈대학교에서 석사 혹은 박사과정을 밟고 있는 학생이었다. 아홉 가구 모두 인터내셔널 학생이기 때문에 국적이 달랐다. 또한 가족기숙사라는 특성을 갖고 있어 모든 가구에 비슷한 또래의 아이들이 있었다. 학생이라는 신분으로 한국, 독일, 멕시코, 나이지리아, 인도, 몽골, 일본 등 다양한 국적의 사람들이 한곳에 모여 살고 있었다.

겨울이 지나고 햇볕이 제법 따뜻해지자 가족기숙사 앞마당에서 늘 아이들의 소리가 들려왔다. 학교에 다녀온 아이들은 틈만 나면 마당에 나와 놀았다. 집에 있다가 아이들의 목소리가 들려오면 어김없이 하은이가 말했다.

"엄마 나도 나갈래."

하은이가 씽씽카와 헬멧을 가지고 마당으로 출동하면 덩달아 돌 갓 지난 하진이와 아빠도 함께 마당으로 나갔다. 아이들은 모이면 모두 영어로 의사소통을 했다. 막내둥이 하진이가 나가면 몰려든 언니 오빠들의 귀여움을 한몸에 받았다. 하은이는 비슷한 나이의 나이지리아 국적의 유니크 언니와 놀기 바빴다. 아이들은 각자 자전거나 킥보드를 타고 기숙사 마당을 달렸다. 하은이도 열심히 언니 오빠를 쫓아다녔다.

처음에 하은이는 또래 아이들과 놀고 싶은 마음에 쪼르르 뛰쳐나갔어도 영어에 서툰 까닭에 아빠 근처에만 서성이며 아이들과 어울리지 않고 관찰만 했다. 시간이 지나 한국으로 떠나올 즈음이 되자 그제서야 몇 시간이 지나도 아빠를 찾지 않고 또래 아이들과 어울려 신나게 놀았다. 하은이에게도 영어를 받아들일 시간과 자신감이 생길 여유가 필요했던 것이다.

할로윈 데이에는 아이들이 귀여운 복장으로 변장해 집집마다 사탕을 받으러 다녔고, 가끔은 가족기숙사 놀이터에서 생일파티가 열

가족기숙사 정원에서
놀고 있는 아이들.

렸다. 그럼 아이들이 너나없이 나와 서로를 축하해주고 함께 즐거운 시간을 보냈다. 아이들은 국적, 피부색, 모국어 등 서로 다른 점은 많지만 서로에게 호감을 보였고 곧 친구가 되었다.

아직 어린 하은이가 엄마 아빠를 따라 영국에 와서 얻은 것 중 하나는 이 세상에는 다양한 나라가 존재하고 그 다른 나라에서는 다른 언어를 사용한다는 것을 자연스럽게 알게 된 것이다. 버스를 타고 가다가 동양인이 보이면 반가운 듯이 하은이는 말했다.

"엄마, 한국사람이다."

하은이는 영국에 살면서 자연스럽게 서양인과 동양인을 구분하게 되었다. 스페인에 여행을 가서 누군가를 만나면 하은이는 물었다.

"엄마, 이 사람 한국말해, 영국말해, 스페인말해?"

초등학교가 들어갈 때까지도 이 세상에 한국사람만 있다고 생각했던 나는 세 살배기 하은이가 다양한 나라와 언어의 존재를 깨달았다는 것만으로도 큰 수확이라는 생각이 든다.

우리 가족에게는 이곳이 진정한 글로벌 핫 플레이스였다.

4.
늦깎이 학생의 고군분투

30대 중반이 훌쩍 넘은 두 아이의 아빠가 다시 공부를 시작했다. 공부를 좋아하는 남편임에도 내 나라가 아닌 타국에서 공부를 한다는 것은 상상 이상으로 힘들었다. 남편은 입학 날짜보다 미리 들어오는 것이 불가능해서 아이엘츠 성적을 받고 입학 당일에 들어왔으나, 유학생들은 보통 석사과정에 입학하기 전에 프리세션Precession 과정을 듣는다. 인터넷에서 프리세션을 추천하는 글들을 종종 보았는데 나는 막연히 어학원의 상술이라고 생각했다. 프리세션을 듣게 되면 예상치 않게 추가 비용을 많이 지출하게 된다. 적어도 8주 먼저 입국해야 하기 때문에 그만큼 렌트비와 생활비가 들고, 프리세션 과정 비용도 적지 않다. 여러 상황을 고려해보았을 때 프리세션을 듣는 것보다는 아이엘츠 성적을 제출하고 정규 과정에 바로 참여하는 것이 나아 보였다.

막상 강의가 시작되고 나니 남편은 모든 것에 적응하는 네 시간이 꽤 걸렸다. 프리세션을 들은 학생들은 입학 전에 약 두 달간 강의와 영국 생활을 미리 함으로써 어느 정도 적응이 된 상태였다. 또한 이 과정을 통해서 외국 학생들은 기본적인 아카데믹 쓰기를 배우게 된다. 영어를 알고 있다뿐이지 아카데믹하게 라이팅을 하는 것은 전혀 다른 차원이었다. 프리세션을 듣지 않은 남편은 수업을 따라가면서 많은 시행착오를 겪었다. 주변에 의논할 한국인이 한 명이라도 있으면 좋았으련만 과에 남편이 유일한 한국인이었다. 아무래도 동양인이면 동양인들끼리 어울리기 마련인데 어울린다 한들 중요한 족보는 같은 나라 사람들끼리만 공유했다. 남편은 모든 시행착오를 혼자 겪어야 했다.

입학하고 얼마 지나지 않아 수업시간에 맞춰 강의실에 간 남편에게서 연락이 왔다.

"강의실 문이 닫혀 있어. 강의가 취소된 건가?"

갑자기 강의실이 변경된 사실을 남편만 몰랐던 것이다. 처음에는 낯선 시스템과 정보를 공유할 친구가 없어 아주 기본적인 것까지 허우적대는 날도 많았다.

외국생활을 한 번도 해보지 않은 남편은 첫 수업을 듣더니 패닉 상태에 빠졌다. 우리말을 할 줄 아는 아이라고 해서 석사 수준의 아카데믹한 강의를 이해할 수 없는 것처럼 남편 역시 강의의 절반 이상이 들리지 않는다며 자책했다. 한국말로 들어도 어려운 수업을 영어로 들으니 수업시간 내내 쩔쩔 헤매다 녹초가 되어 집으로 돌아오는 날이 허다했다.

영국에서 석사과정은 3학기제로 운영된다. 1학기와 2학기는 강의로 진행되고 3학기는 논문학기이다. 학기 사이에 방학이 있긴 하지만 신기하게도 우리나라와는 달리 방학이 끝난 뒤에 시험을 본다. 그렇기 때문에 방학 동안에 마음 편히 쉴 수 없다. 말이 방학이지 과제로 제출해야 하는 에세이를 세 편 이상 써야 하거나 시험을 준비해야 했다.

1학기가 끝나고 첫 방학이었다. 남편은 나름대로 최선을 다해 시험 준비를 했다. 그동안 배운 강의를 이해될 때까지 여러 번 반복해 듣고 예상 질문을 뽑아 모범답안을 만들어 완벽하게 소화했다. 마지막날까지 붙들고 완벽하게 외우고 또 외웠다.

"예상한 문제들이 나와서 시험 잘 보고 온 것 같아."

시험을 마치고 온 남편이 기분 좋게 말했다. 열심히 노력하는 모습을 옆에서 봐왔던 터라 만족스럽게 시험을 마치고 온 남편이 대견스러웠다.

1학기가 끝나고 성적이 나왔다. 이게 웬걸. 'Pass'다. 영국의 성적은 Pass, Merit, Distinction 이렇게 세 가지로 나뉜다. 남편은 겨우 과락을 면하고 50점의 성적으로 Pass를 하게 된 것이다. 잘 봤다고 생각했던 시험성적이 겨우 50점이라니 남편은 대체 무엇을 잘못한 건지 도저히 모르겠다고 했다.

나중에 시간이 지나고 자연스럽게 알게 된 사실인데 영국에서의 시험은 우리나라와 확연히 달랐다. 수업시간에 배운 내용을 그대로 외워서 적는 것은 결코 모범답안이 아니었다. 가장 중요한 것은 비판적 사고Critical Thinking였다. 질문에 답을 할 때도 수업시간에 배운 내용을 적는 것이 아니라 배운 내용에 대한 나의 의견과 그 의견을 뒷받침해줄 만한 근거를 제시해야 했다. 사지선다형과 단답형에 익숙해 있던 남편은 비판적 사고를 하는 것에 대해 낯설고 어렵게 느꼈다.

1학기에는 갈피를 전혀 잡지 못하고 이리 휘청 저리 휘청거렸지만 2학기 때는 조금씩 적응되어 수업도 이전보다 귀에 와 닿았고 조별 토론을 할 때도 원어민 학생들과 함께 토론을 할 수 있었다. 2학기 때의 성적은 조금 더 나은 Merit이었다.

석사과정 중에 가장 부담스러웠던 논문 학기만 남았다. 영문으로 1만 자 이상의 에세이를 써야 하는 것이다. 스코틀랜드 출신의 맥도날드 교수님이 남편의 논문을 지도했다. 논문을 쓰는 과정에 여섯 차례 교수님과의 미팅이 있었다. 매번 미팅에서 돌아오면 남편에게 묻곤 했다.

“오늘 미팅은 어땠어?"

교수님과 직접 대면해서 논문에 대해 토론하는 것 자체가 쉽지는

-
드디어 논문을 마치다!

않았지만 남편은 이 미팅시간을 참 좋아했다. 미팅 때 남편이 "Sir" 라는 호칭을 사용하였더니 지도교수님은 이렇게 반응했다고 한다.

"My name is not Sir. My name is Mcdonald."

'Sir'라는 존칭 말고 맥도날드라는 이름으로 불러달라고 말이다. 참 신기한 일이다. 교수님 이름을 부른다니 한국에서는 상상할 수 없는 일이지 않는가.

남편은 몇 달 동안 열과 성을 다해 논문을 완성해 제출했다. 그렇게 무사히 학기를 모두 마치고 한국으로 돌아온 11월의 어느 날 논문 점수가 드디어 나왔다. 남편이 환호성을 질렀다.

"Distinction!"

과에서 우수한 학생 몇 명에게만 주어지는 성적을 받았다. 강의실도 몰라 찾아 헤매던 어수룩한 늦깎이 학생의 석사과정은 이렇게 해피엔딩으로 마무리될 수 있었다.

힘들었던 이 시간을 통해 배운 지식과 근성이 앞으로 남편의 삶을 더 풍성하게 해주길 바라본다.

석사학위 커리큘럼

* 2018년 리즈대학교 석사 기준

2019.9.24. Registration week

2018.10.1.~2018.12.10.(11주) Semester 1 teaching

2018.12.17.~2019.1.7.(4주) Out of term

2019.1.14.~2019.1.21.(2주) Semester 1 exams

2019.1.28.~2019.3.25.(9주) Semester 2 teaching

2019.4.1.~2019.4.22.(4주) Out of term

2019.4.29.~2019.5.6.(2주) Semester 2 exams

2019.6.10. Penultimate week of term

2019.6.17. Final week of term

2019.6.24.~2019.9.5.(11주) Dissertation of term

5.
전기밥솥을 싣고서

처음 영국으로 건너올 때 친정엄마와 함께 왔었다. 그러나 나도 영국이 처음이었기 때문에 아쉽게도 엄마와 좋은 추억을 많이 만들지는 못했다. 엄마가 한국으로 돌아가시고 좋은 곳에 갈 때마다 그렇게 생각날 수가 없었다.

"엄마랑 여기 같이 올 걸."

어쩔 수 없었음에도 이렇게 멀리까지 오셨는데 좋은 경험을 못 시켜드린 것 같아 죄송한 마음이 오래 남아 있었다. 그러던 7월의 어느 날, 친정부모님께서 우리가 있는 영국으로 여름휴가를 오시기로 결정했다는 연락을 받았다.

"야호, 엄마랑 아빠가 오신다!"

그 전화 한 통으로 마음이 어찌나 포근해졌는지 모른다. 어차피 곧 영국을 떠나 한국으로 갈 예정임에도 하루라도 빨리 부모님을 뵐 수 있다는 생각에 내 가슴은 설렜다. 이번에는 절대 후회 남지 않는 추억을 쌓으리라 다짐하고 다짐했다. 다시 오지 않을 이 순간에 최선을 다하고 싶었다. 시간이 지나고 먼 훗날 돌아봤을 때 이 시간이 얼마나 애틋하고 소중한 기억으로 남을지 나는 이미 알고 있었다.

곧 오시는 부모님과 함께할 2주간의 영국 여행 계획을 세웠다. 날씨 좋은 여름에 여행하기로 미뤄두었던 런던과 스코틀랜드 여행을 부모님과 함께하기로 했다. 영국 여행 중에서 가장 기다리고 기대했던 스코틀랜드 여행을 부모님과 함께할 수 있다니 굿 타이밍이었다. 런던 2박, 리즈 7박, 스코틀랜드 5박 이렇게 계획하고 부랴부랴 숙소와 렌터카를 예약했다.

부모님을 맞이하기 위해 여느 때처럼 김치를 담갔다. 결혼을 하고도 줄곧 엄마가 해주신 김치만 먹었었다. 시간이 훌쩍 지나고 내가 엄마가 먹을 김치를 담그고 있으니 기분이 이상해졌다. 1년 사이 혼자서 많이 성장했구나 싶어 스스로 대견스러운 마음까지 들었다. 하은이는 공항에서 만날 할아버지와 할머니를 위해 웰컴 피켓Welcome Picket을 정성스럽게 만들었다. 타국살이를 경험해보니 아이들에게 할머니와 할아버지의 존재가 생각보다 훨씬 더 중요하다는 것을 깨달았다. 조부모님의 사랑은 부모가 주는 사랑과는 또 다른 깊이를 가지고 있어 아이들의 정서에 긍정적인 영향을 주는 것 같다.

하은이는 손꼽아 할머니와 할아버지를 기다리고 기다렸다. 하필이면 유럽에 이상 기온으로 폭염주의보가 울리던 무더운 여름날 드

공항에서 친정부모님을 다시 만나다.

디어 부모님이 입국하셨다. 1년 만에 히드로 공항에서 우리 가족은 상봉했다. 하은이는 큰 소리로 할머니를 부르며 뛰어가 털썩 안겼다. 그렇게 우리는 다시 만났다.

"우리 다시 만났다!"

공항 로비에서 소리를 지르며 엄마와 하은이와 나 셋이 부둥켜안고 방방 뛰었다.

부모님과의 영국 여행이 시작됐다. 2주간의 여행 중 가장 기대가 컸던 스코틀랜드는 역시 상상 이상으로 좋았다. 끝도 없이 펼쳐지는 푸른 초원과 풀을 뜯고 있는 양떼를 보며 달리고 또 달려서 도착한

곳은 스카이 섬Skye Island이었다. 스카이 섬은 이너헤브리디스 제도 북단에 있는 섬으로 세계여행을 하는 사람들에게도 최고의 여행지로 꼽히는 곳이다. 스카이 섬에 들어서자 신비로운 세계에 발을 내딛은 것만 같았다. 이곳은 하늘과, 바다, 그리고 산으로 가득 차 있었다.

신이 태초에 창조하신 세상이 이런 모습일까?

사람의 손이 닿은 흔적을 찾아보기 어려웠다. 심지어 간이화장실조차 없어 여행을 하면서 꽤나 화장실을 찾아 헤매었다. 나는 지금까지의 경험으로 보아 경치가 아름답고 사람들이 모여드는 곳은 우후죽순 커피숍과 음식점이 생겨나고 여기저기 사람의 손길이 닿게 된다고 생각했다. 그러나 이렇게 입이 떡 벌어질 정도의 경관을 갖고 있는 곳을 관광지로 개발하기는커녕 찾아가는 게시판 하나 보기 힘들었다. 그만큼 자연을 있는 그대로 보존해온 것이다. 영국사람들이 자연을 사랑하는 마음이 전해져왔다. 시대적 흐름에 따른 유행이나 사람들의 취향에 맞는 인위적인 멋스러움도 좋지만 결국에는 이렇게 신비롭고 아름다운 자연의 모습에서 뜻하지 않게 큰 감격과 위로를 느끼는 것 같다.

스코틀랜드를 다녀간 많은 사람들이 다음과 같이 말한다.

"이곳은 마치 지구가 아닌 다른 행성 같다."

그만큼 지금까지 봐왔던 자연과는 달랐다. 빙하가 녹아서 형성된

지역이라 풍화와 침식 없이 태곳적 모습 그대로 보존되어 있기 때문이다.

내게 가장 소중한 부모님과 사랑하는 남편 그리고 아이들과 함께 드넓은 초원이 펼쳐지는 스코틀랜드 도로를 달리고 있는 이 순간이 기적같이 느껴졌다. 에든버러, 하이랜드, 인버네스, 스카이 섬, 글래스고우 등 스코틀랜드는 역시 우리에게 실망을 안겨주지 않았다. 영국 내에서도 날씨가 변덕스럽고 서늘하기로 유명한 스코틀랜드였음에도 여행하는 내내 더할 나위 없이 좋은 날씨를 유지했다. 스코틀랜드 여행은 장시간 차를 타고 이동해야 하기 때문에 어린아이들이 잘 버텨줄까 걱정했는데 어느새 우리 아이들은 엄마 아빠를 닮아 여행 체질이 되어 있었다. 하루에 여섯 시간 이상의 이동도 거뜬하게 견뎌주었다.

9인승 승합차에 전기밥솥과 버너를 싣고 부지런히 다녔다. 한식을 포기할 수 없는 우리 가족은 아침, 저녁으로 숙소에서 밥을 해먹었다. 5박 6일 동안 네 번이나 숙소를 옮겨 다니며 근처 마트를 이용해 식재료를 사서 전기밥솥으로 밥을 지어 먹었다. 괴물이 산다는 넓고 넓은 네스 호 앞에 도착했을 때는 갑자기 하늘이 어두워지며 비가 부슬부슬 내리기 시작했다. 이 타이밍에 생각나는 따끈따끈한 라면국물. 승합차 트렁크 문을 지붕 삼아 버너와 코펠을 사용해서 라면을 끓였다. 네스 호 앞에서 신라면이라니, 지금까지 먹은 라

스코틀랜드 스카이 섬 퀴랑.

면 중 단연 최고의 맛이다. 여행 중에 엄마가 말씀하셨다.

"나이가 들면 추억을 먹고 산다는데 이 추억은 얼마나 많이 생각날까."

나 또한 사랑하는 부모님과 남편, 아이들과 함께한 이 여행이 오랫동안 따뜻하고 선명하게 기억날 것 같다. 이번 여행은 모두에게 차고 넘치도록 만족스러운 여행이었다.

스코틀랜드 필수 여행 코스 추천

· 에든버러Edinburgh: 스코틀랜드 중심 도시

· 세인트 앤드류스Saint Andrews: 스코틀랜드 골프 성지

· 인버네스Inverness: 스코틀랜드 북부의 주도

· 하일랜드highland: 스코틀랜드 북부의 주

· 네스 호Ness L.: 네스 괴물이 살고 있다는 전설의 호수

· 스카이 섬Skye Island: 스코틀랜드 이너헤브리디스 제도 북단에 있는 섬

· 글래스고Glasgow: 스코틀랜드 최대의 도시

6.
벌써 1년

친정부모님이 귀국하고 나니 8월 중순이다. 9월 귀국을 앞둔 우리도 이제 한국으로 돌아갈 날이 얼마 남지 않았다. 갑자기 마음이 분주해지기 시작했다.

짐은 어떻게 한국으로 보내야 할까?

남편 석사 논문은 잘 마칠 수 있을까?

영국은 퇴거청소가 아주 깐깐하다던데 어떻게 해야 할까?

전기, 가스, 인터넷, 수도는 언제 끊어야 할까?

지인들 선물로는 뭐가 좋을까?

1년 타국살이를 하면 짐을 풀다 말고 다시 싼다더니 정말 그 말이 꼭 맞는 것 같다. 어느새 다시 짐을 싸야 했다. 꼭 필요한 것만 챙겨와 간소하게 생활했다고 생각했는데 짐을 정리하다 보니 1년 동안 살면서 그새 살림살이가 참 많이도 늘었다. 우리는 꼭 필요한 것들을 제외하고 웬만한 것들은 영국에서 처분하기로 했다. 해외배송비가 만만치 않기 때문에 한국으로 가서 새것을 사는 편이 더 현명한 일인지도 모르기 때문이다.

따수미 텐트, 전기장판, 그릇, 전기밥솥, 놀이매트 등 영국에서 요긴하게 사용하던 물건들은 주변 지인들에게 넘겼다. 그리고 남은 쓸 만한 물건들은 집 주변에 있는 체리티샵Charity Shop에 기부하기로 했다. 영국의 체리티 문화는 물건을 넘기는 사람에게도 사는 사람에게도 좋은 기회를 제공한다. 물건을 넘기는 사람과 사는 사람, 그곳에서 자원봉사를 하는 사람 모두 어떤 형태로든지 사회에 기부를 할 수 있는 시스템이기 때문이다. 영국사람들은 계층과 상관없이 누구나 체리티샵을 이용하는 편이다. 일상생활 속에 당연한 듯 자리 잡혀 있는 기부문화는 아이들이 자연스럽게 나눔을 배울 수 있는 좋은 기회라고 생각한다. 이곳에서 쓰던 이불과 주방도구, 장난감은 체리티샵으로 넘기고 꼭 필요한 것과 지인들 선물만 챙기기로 했다. 짐을 줄이고 줄이니 세 박스로 충분했다. 한국으로 귀국하면서 약 2주간 마지막 유럽여행이 계획되어 있었기 때문에 한국으로 가져갈 짐은 미리 택배로 보내기로 했다. 그렇게 우리의 정들었던 1년의 시간들을 차근차근 정리해갔다.

우리나라에 입주청소가 있듯이 영국에는 퇴거청소가 있다. 우리나라에서는 입주를 하면서 앞으로 내가 살 집을 깨끗하게 하기 위해서 입주청소를 한다. 반면에 이사를 나갈 때는 짐만 빼고 뒤도 안

–

영국 길거리 곳곳에서 볼 수 있는 체리티샵.

돌아보고 나가는 것이 보통이다. 영국은 우리나라와 반대로 퇴거할 때 아주 깐깐하게 집 상태를 체크한다. 청소가 제대로 되어 있지 않거나 훼손된 물건이 있으면 보증금을 돌려받지 못할 확률이 커진다. 워낙 기준이 까다롭기 때문에 대부분 보증금은 이미 내 손을 떠났다고 생각하는 편이다. 실제로도 그런 경우가 많다. 우리는 퇴거청소를 해야 하나 고민 끝에 업체를 따로 부르지는 않기로 하고 틈이 나는 대로 카펫 청소와 주방 정리를 하기로 했다. (다행히 2개월 후 보증금 전액이 입금되었다.^^)

귀국 준비로 바쁜 와중에 시간이 나는 대로 리즈 시내에 나가 지인들의 선물을 샀다. 감사한 마음을 담아 작은 선물을 하나씩 사다 보니 왜 이렇게 고마운 사람들이 많은지 모른다. 우리 가족이 이곳에 온 것은 우리 힘으로 노력해서 온 것이 아니라 하나님께서 길을 열어주시고 주변 지인들의 도움으로 온 것이 분명하다. 다시금 영국에 오면서 알게 모르게 도움을 받은 손길이 많다는 것을 깨닫는다.

지금도 타국에 있는 자식과 손자들 생각만 하시는 양가 부모님.

비싼 택배비를 감수해가며 한국 식재료를 잔뜩 보내주신 형님.

건강하게 잘 다녀오라고 용돈 두둑이 챙겨준 친오빠.

이삿날 장갑 끼고 달려와준 남편 친구들.

건강하게 잘 다녀오라고 봉투까지 챙겨준 고마운 남편 친구.

나 없는 동안 우리 여행적금 유지해준다고 내 회비까지 내주고 있는 친구들.

천안에서 인천공항까지 무거운 캐리어를 운반해준 주련이.

5개월이나 미리 하진이 돌을 챙겨주신 권사님.

눈물 훔치며 꼭 필요할 때 쓰라고 비상금으로 100파운드를 손에 쥐어주신 권사님.

언니 없으면 어쩌냐고 울면서 비자금 챙겨준 효주.

타국살이 잘하라고 응원하고 편지와 용돈까지 챙겨주신 엄마 친구분.

남편 추천서 써주신 감사한 교수님과 팀장님.

한국음식 많이 그리울 거라며 된장찌개, 누룽지, 떡볶이 양념 등 잔뜩 챙겨준 환희 언니.

가기 바로 전날 만능 고추장을 택배로 보내준 고마운 혜림이.

이 외에도 잘 다녀오라고 응원하고 기도해준 지인들이 얼마나 많은지 모른다. 우리가 누군가를 위해 봉사하러 떠나는 것도 아니고 단지 공부하러 떠나는 것임에도 이렇게 많은 사람들의 응원을 받아도 되나 싶을 정도로 따뜻한 메시지를 많이 받았다. 어떻게 보면 고작 1년 떠나는 것인데 이렇게 서운해주니 감사한 마음이 든다. 영국으로 떠나올 때도, 영국에서 머물면서도 주변 이들에게 넘치는 사랑을 참 많이 받았다. 살아가며 이 따뜻했던 마음을 잊지 말자. 이제 받은 사랑 흘려보내야 할 때임을.

7.
유모차 끌고 유럽 속으로

영국으로 떠나오면서 막연하게 생각했다.

'1년 동안 유럽 10개국 여행하고 싶다.'

여유롭지도 못한 상황에서 이런 생각을 하는 것이 내가 생각해도 참 우스웠다.

"영국에서 1년 살기를 하는 것도 모자라 10개 나라를 여행하겠다고?"

부모님이 들으면 너는 참 애 둘을 낳아도 여전히 철없다 하실 것이 분명했다.

맞다. 비자 비용, 항공 티켓팅, 석사 등록금, 초기 정착비 등 1년 살기를 시작함과 동시에 이미 자금난에 허덕이고 있었다. 한국으로 돌아가면 당장 살 집도, 굴러가는 차도, 다닐 직장도 없다.

비상금으로 묶어놓은 통장을 쓰면서까지 기어코 여행을 할 것인가? 아니면 한국으로 돌아갔을 때를 대비하여 비상금을 남겨놓을 것인가?

아무리 대책 없는 우리 부부라 해도 고민을 많이 했다. 처음 영국에 와서 무엇을 하든 돈과 관련해서 생각을 하다 보니 작은 것부터 스트레스를 받기 시작했다. 장을 볼 때도, 우버를 탈 때도 몇 파운드 나왔는지 집착하게 되었다. 이렇게 살다가는 기적처럼 찾아온 이 귀한 시간을 온전히 누리지 못할 것 같았다. 그래서 우리 부부는 결정했다.

"기왕에 시작했으니 할 수 있는 것은 다 해보자."

어차피 다시 시작해야 하지 않는가? 유럽 땅에 살아보는 이 순간을 즐기기로 다짐했다. 먼 훗날 이 시간에 전전긍긍하며 지냈던 나를 바라보면 후회로 남을 것 같았다. 오히려 이렇게 결정하고 나니 마음이 한결 후련했다. 결정을 했으니 시간 날 때마다 틈틈이 여행을 다니기 시작했다.

영국: 스코틀랜드

네덜란드: 암스테르담

스페인: 테네리페, 바르셀로나

슬로바키아: 브라티슬라바

헝가리: 부다페스트

오스트리아: 빈, 잘츠부르크, 인스부르크

아일랜드: 더블린

크로아티아: 두브르브니크

체코: 프라하, 체스키크롬로프

독일: 하이델베르크

이렇게 1년 동안 남편 학업에 방해되지 않는 선에서 우리 가족은 여행을 다녔다. 지나고 보니 꼭 10개 나라를 여행하고 돌아왔다. 막연하지만 한 번 생각한 것은 내 머릿속 어딘가에 콕 박혀 있나보다. 지나고 보니 나도 모르게 무의식적으로 이것들을 향한 선택을 해나갔던 것 같다.

다행히도 유럽의 저가항공을 이용하면 항공권이 말도 안 되게 저렴하다. 마치 안 가면 손해인 것처럼 느껴질 정도이다. 영국에서 아일랜드는 19파운드(28,900원)였고, 바르셀로나까지는 40파운드(60,000원)면 왕복항공권을 구매할 수 있었다. 서울에서 제주도 가는 항공권보다도 저렴하고, 리즈에서 런던 가는 기차값보다도 싼 가격이었다.

여행비용을 최대한 줄이기 위해서 숙박은 요리를 할 수 있는 에어비앤비를 이용했다. 어린아이들과 함께하는 여행이기 때문에 항상 식사가 고민이었다. 하루에 한 끼 이상은 배부르게 한식을 먹이려고 노력했다. 요리와 세탁기를 자유롭게 사용할 수 있는 에어비앤비는 아이들과 함께 여행할 때 숙소로 안성맞춤이었다. 가격 면에서도 호텔보다는 저렴한 가격으로 구할 수 있었다. 여행 가서 꼭 먹어야 하는 그 나라의 전통음식을 찾아 하루에 한 끼 정도는 맛집이라 불리는 곳에서 외식을 했다. 하지만 그 외의 식사는 현지 마트나 한인 마트에서 식재료를 사와 숙소에서 끼니를 해결했다. 영국뿐 아니라 유럽 대부분의 나라는 장바구니 물가가 무척 저렴하다. 마트를 이용하여 식사를 해결하는 것은 여행비용을 절감하는 데 도움이 될 뿐만 아니라 그 나라의 독특한 문화를 알 수 있기에 재미있다.

"만 1세, 3세 아이들과 함께 유럽여행 괜찮아?"

이런 질문을 종종 듣곤 한다. 이미 영국에서 뚜벅이 생활에 익숙해진 우리 가족에게 유럽여행은 일상의 연장선이었다. 어딜 가나 유모차는 굴러갔고, 아이들도 이런 생활에 익숙해져 있었다. 아이들은 엄마 아빠와 함께면 그저 행복한 것이다.

'부모 욕심으로 아이들만 힘들겠네.'

이렇게 생각하는 사람들도 분명 있을 것이다. 과연 그럴까?

나는 부모가 행복하면 아이들도 행복할 거라 생각한다. 우리 아이들은 그저 엄마 아빠와 함께 있으면 행복한 것이다. 아직 어리기 때문에 표현은 잘 못할지라도 이 아이들도 충분히 느낄 수 있는 감각들이 존재한다. 다양한 경험들이 아이들의 감각세포에 깃들어졌길 바란다.

-
오스트리아 인스부르크 알프스 산맥에서.

-
독일
하이델베르크 성에서.

-
스페인 바르셀로나
몬세라트에서.

여행을 하면서 우리는 무엇을 얻었을까?

돌이켜 생각해보면, 여러 나라의 문화 경험, 폭 넓어진 견문도 있지만 사실 그보다 더 큰 것은 돈독해진 부부관계다. 여행을 하면서 얻은 가장 큰 수확이다. 여행을 하다 보면 얼마나 많은 변수들이 생기는지 모른다. 낯선 곳을 다니다 보면 서로 긴장한 탓에 예민해지는 경우도 종종 있다. 평소 볼 수 없었던 서로의 낯빛을 드러낼 때가 많다. 사실 남편과 나의 여행 스타일은 정반대다. 남편은 완벽한 계획형이다. 연애시절 함께 밥을 먹고 난 후면 이곳에서 4킬로미터 떨어진 곳의 커피숍에 갈 계획까지 미리 세워오는 스타일이었다. 자신이 미리 검증한 곳이 아니면 가지 않는 사람이다. 반대로 나는 그야말로 무계획에 즉흥적인 사람이다. 갑작스러운 여행을 즐기고 발길 닿는 곳에 무작정 가는 것을 좋아한다. 이렇게 다른 우리 부부는 여행 중에 일어나는 다양한 에피소드를 통해 서로의 다름을 인정하고 받아들이고 이해하게 되었다. 시간이 지나자 여행 중 말도 안 되는 황당한 상황이 닥쳐도 서로 웃으며 대화할 수 있는 경지에 이르렀다. 경험을 통해 이러한 어려움들은 결국에 해결이 된다는 것을 습득했기 때문이다.

다시 생각해보아도 비록 우리의 비상금은 탈탈 털렸지만 1년간 유럽여행을 한 것은 정말 잘한 일임에 틀림없다.

8.
마음이 참 따뜻했던 날

1년 동안 이곳에서 지내면서 많은 정이 들었다. 사람, 풍경, 거리, 집 모든 것이 자연스러운 일상이 되자 이제 곧 떠나야 할 시간이다. 다시 오지 못할 수도 있다고 생각하니 이곳의 모든 것이 더 애틋하게 다가왔다.

어렸을 때 살았던 우리 집, 동덕현대아파트 105동 802호. 떠나고 나니 다시 들어갈 수 없는 곳이 되었다. 유년시절 추억이 깃든 그곳에 누가 살고 있을까 늘 궁금했고 한 번쯤은 들어가보고 싶은 마음이 들 정도로 그리웠다. 그렇듯 나는 정들었던 곳을 참 오랫동안 가슴에 품고 있었다. 내 삶의 선물 같았던 1년 동안 이곳에서 만든 특별한 추억들은 또 얼마나 내 가슴속 깊이 새겨질까 싶어 벌써 이곳이 그리워진다.

하은이가 다녔던 널서리에 마지막으로 인사를 다녀왔다. 하은이 담당 선생님은 마지막으로 하은이를 안아주고는 함께 사진을 남겼다. 실외 놀이터에서 놀고 있는 아이들은 하나둘 하은이에게 다가와 바이바이 하며 인사를 건네주었다. 낯설었을 이곳에서 따뜻한 선생님과 해맑은 아이들이 있어 하은이가 잘 지낼 수 있었다고 생각하니 새삼 이들에게 감사한 마음이 들었다. 매일같이 하은이와 하진이를 데리고 왔다 갔다 하던 나무가 울창한 이 거리를 마지막으로 거닐며 동영상을 남겼다. 훗날 이 장면이 그리운 순간 추억을 꺼내볼 수 있기를 바라면서 말이다.

마지막 토요일은 한글학교에 가서 그동안 살갑게 지냈던 지인들과 인사를 나눴다. 한인이 얼마 없는 이곳 리즈에서 든든한 버팀목이 되어준 고마운 사람들이다. 토요일마다 한글학교에 와서 친구들과 함께 해맑게 웃는 하은이를 보면 마음이 참 따뜻했다. 한국말로 속 시원하게 수다떨 수 있는 이곳이 나와 하은이에게는 숨통 트이는 곳이었다. 9월에 새 학기가 시작되기 때문에 이 시기에는 이곳을 곧 떠나는 사람들과 이제 막 정착하는 사람들로 붐빈다. 새로 온 사람들과 인사를 나누며 1년 전을 추억해보니 시간이 참 쏜살같이 지나간 것 같다.

떠나기 전날이 마침 주일이었다. 1년 동안 주일마다 우리 가족이 예배 드리던 리즈한인교회에 마지막으로 갔다. 가족 하나 없던 이곳에서 많이 의지했던 곳이다. 예배 드리던 이 따뜻했던 공간도 많이 생각날 것 같다. 리즈에 처음 왔을 때 이곳에 앉아서 기도했었다.

"저희 가족을 이곳으로 오게 해주셔서 감사합니다. 1년 동안 저, 남편, 하은이, 하진이 각자 이곳에 오게 하신 뜻을 알게 해주세요."

그렇게 벌써 1년이 지났다. 우리는 이곳에서 무엇을 느끼고 깨달았을까. 이 꼬맹이들에게는 어떤 흔적이 남을까.

값진 경험, 추억, 다양한 문화 체험.

남편의 영어 실력과 또 하나의 석사 학위.

하은이의 어린 시절을 더 풍성하게 해준 다양한 경험들.

아기인 하진이가 느꼈을 다양한 오감.

시행착오를 겪으면서 더 단단해진 부부관계.

덕분에 다닐 수 있었던 유럽 여행.

상황을 객관적으로 바라볼 수 있는 시각과 넓어진 견문.

새로운 도전에 대한 긍정적인 시각.

인생의 터닝 포인트.

부모님에 대한 소중하고 감사한 마음들.

이곳에서 만난 귀한 인연들.

막다른 길에서 우리가 만난 기적.

1년 동안 우리 가족은 이 낯설고 새로운 곳에서 많은 것을 배웠고 느꼈다. 한국으로 돌아가면 완전히 새로운 시작이다. 왜 두려움이 없을까. 우리 부부 마음 한곳에 두려움이 여전히 자리 잡고 있다. 한국을 떠나올 때처럼 문득 알 수 없는 불안감이 크게 느껴지는 순간이 있다. 우리가 갖고 있는 자금은 이제 바닥이 보이고, 한국으로 돌아가면 다시 남편의 직장을 구해야 하며, 살 곳도 마련해야 한다. 무엇 하나 뾰족하게 답이 없는 채로 시작해야 하니 두려움이 없을 수는 없다. 다행인 것은 우리 부부에게 두려움보다 미래를 향한 기대감과 설렘 그리고 해냈다는 성취감이 더 크게 자리 잡고 있다는 사실이다.

작별인사를 하면서 여러 분들로부터 들었다.

"이제 못 볼 것 같지? 그런데 신기하게 또 어디선가 만나게 된다. 그렇게 생각지도 못한 곳에서 만나는 게 인생이야."

고개가 끄덕여진다. 이곳에 사시는 분이 어느 날 한국으로 여행을 와 서울 어느 길모퉁이에서 만날 수도 있고, 언젠가 우리가 이곳에 다시 올 수도 있다. 이렇듯 한 치 앞을 내다볼 수 없는 것이 인생이라는 생각이 든다. 그렇기 때문에 이 순간을 최선을 다해 살아내기를, 누구를 만나든 항상 진실되고 친절한 사람이 되기를 마음속 깊이 새겨본다.

9.
굿바이 잉글랜드

마침내 오지 않을 것 같던 영국을 떠나는 날이 밝았다. 맨체스터 공항에서 오후 다섯 시 비행기를 타고 크로아티아로 떠난다. 우리는 마지막으로 2주 동안 유럽여행을 한 뒤 귀국하기로 했다. 리즈에서 한 시간 반 거리에 있는 맨체스터 공항에 가기 위해서는 적어도 출발시각 네 시간 전에는 리즈에서 출발해야 한다. 아직 정리해야 할 것들이 있어서 아침에 서둘러 일어나 분주하게 정리를 했다. 버리고 버리고 버렸으나 아직도 버릴 것이 남아 있다니……. 1년 사이에 살림살이가 많이도 늘었다. 캐리어 한 개만 끌고 가볍게 훌쩍 떠날 생각인데 과연 가능할까 싶을 정도로 많은 짐이 아직 남아 있었다. 마지막까지 사용한 이불, 세면도구, 수건, 주방도구 등을 미련 없이 쓰레기봉지에 담았다. 이럴 땐 분리수거를 하지 않는 영국이 참 편하다는 생각이 든다.

우리가 1년 동안 매일 열심히 삼시세끼를 차려 먹던 이곳에서 마지막 아침식사를 했다. 다 정리하고 하나 남은 냄비에 아무런 재료 없이 김치 몇 조각과 참치만 넣고 보글보글 끓였다.

“왜 이렇게 맛있지?”

그동안 왜 김치찌개에 이것저것 더 넣었나 싶을 정도로 너무 맛있었다. 궁핍한 가운데 먹으니 뭔들 맛이 없을까. 아침도 먹었고, 끝나지 않을 것 짐 정리도 거의 다 되었다. 어젯밤 아이들을 재워놓고 새벽까지 부지런히 싱크대를 닦고 카펫을 청소했다. 퇴거청소를 따로 부르지 않았지만 내 눈에는 흠 잡을 데 없이 깨끗해 보였다.

남편과 함께 마지막으로 집 안을 샅샅이 둘러보았다. 1년간 안락하게 생활할 수 있었던 참 고마운 공간이다. 창밖으로 파란 하늘과 푸르른 나무들이 보이던 침실, 하은이가 좋아하던 장난감으로 세팅된 놀이방, 손님방이자 빨래방으로 쓰던 추억이 담긴 작은방, 우리 가족들이 대부분의 시간을 보냈던 거실, 나의 요리실력을 일취월장하게 해준 주방, 하나하나 잊지 않기 위해 눈에 꼭꼭 담았다. 소파에 앉아 가족사진을 한 장 남겨보고, 하은이가 우리 부부 사진도 찍어주었다.

“1년 동안 아이들 돌보느라 집안일 하느라 고생 많았어.”

남편이 내 손을 잡고 그동안 수고했다고 말해주었다. 나뿐만 아니라 우리 네 식구 모두 수고 많았다. 참 감사했던 1년이다.

건강하게 함께해준 기특한 하은이, 하진이.

-

1년 동안 살았던 가족기숙사에서
마지막 가족사진 남기기.

가족을 돌보며 학업도 하느라 수고 많았던 남편.

외딴곳에서 아이들 돌보며 나름 고군분투한 나.

우리 모두 수고 많았다. 그렇게 정이 들 대로 든 가족기숙사를 떠나 맨체스터 공항으로 왔다. 비행기가 뜨고 잉글랜드가 눈앞에서 점점 희미해진다. 언제 이곳을 다시 올까. 1년 또는 2년, 10년 그것도 아니면 20년 후가 되더라도 느지막이 나이 들어 남편과 둘이 이곳 영국 리즈에 꼭 다시 와야겠다고 서로를 바라보며 다짐한다. 우리 가족의 추억이 담긴 이곳 리즈가 참 좋다. 우리 가족 남편과 나, 하은, 하진 모두 각각 이곳에 온 이유, 이곳에서 얻게 될 은혜가 있을 텐데 그것을 온전히 알고 누리길 바랐다. 처음에는 그 이유가 안개처럼 흐릿했다. 1년이 지난 지금 조금은 선명하게 보인다. 한국으로 돌아가 다시 되돌아보면 더 선명하게 보일 것 같다. 이곳에서 누렸던 은혜들 잊지 않고 한국으로 돌아가 우리들의 삶에서 나타나길 바라본다.

굿바이 잉글랜드!

\-
리즈에서 맨체스터 가는 기차 안에서 바라본 풍경.

좌충우돌 네 가족의 영국 체류기
우리는 영국에서 일 년 동안 살기로 했다

1판 1쇄 찍음 2020년 9월 15일
1판 1쇄 펴냄 2020년 9월 22일

지은이 석경아
펴낸이 조윤규
편집 민기범
디자인 홍민지

펴낸곳 (주)프롬북스
등록 제313-2007-000021호
주소 (07788) 서울특별시 강서구 마곡중앙로 161-17 보타닉파크타워1 612호
전화 영업부 02-3661-7283 / 기획편집부 02-3661-7284 | 팩스 02-3661-7285
이메일 frombooks7@naver.com

ISBN 979-11-88167-35-7 03810

이 도서의 국립중앙도서관 출판예정도서목록(CIP)은 서지정보유통지원시스템 홈페이지(http://seoji.nl.go.kr)와 국가자료공동목록시스템(http://www.nl.go.kr/kolisnet)에서 이용하실 수 있습니다. (CIP제어번호 : CIP2020037518)